甜酸

饶雪漫 作品

山东文艺出版社

果麦文化 出品

目　录

Contents

PART 01

田丁丁

我看见满天花儿都开放，
但我却不是那个歌唱的少女。

——摘自田丁丁的博客“来不及学坏”

1

梧桐又黄了，大雁又南飞了，秋天又来了，我们又开学了。

我还记得，那是高二上学期的秋天，语文老师林庚给我们布置最老土的话题作文：理想与现实。我的开头是：我愿成为一个问题少女，然而我却循规蹈矩这么多年。

林庚在我的这句话下面画了一条重重的红杠，并在旁边打了一连串的问号。这些问号飞舞蹁跹，东倒西歪，一个比一个夸张，一个比一个笔迹潦草。我甚至能够想象，他是怎样用两根指头将一支笔高高直立起，漫不经心地在我的作文本上胡乱写意。

可是，除了这些蒙太奇般的问号，他却没有给我任何评价。我知道他是懒得评价，在他看来，一个高中二年级的女学生有脸写下如此不知所云毫无斗志的作文，实在是孺子不可教也。

我也只是可惜，他竟读不懂我字里行间的真情实意。

当然不怪他，其实不只是林庚，很多人都对我懒得评价，这其中包括我的死党林枳以及我的老妈罗梅梅女士。如果说罗梅梅对我恨铁不成钢是多年以前就有的事，而我的美女同桌林枳则是最近才开始对我失望的，她总是在下课的时候歪着头问我："田丁丁，让我说你什么好呢？"

是啊，让你说我什么好呢？

一切的一切只因为，我恋爱了。

更要命的是，我没有爱上Rain，没有爱上郭小四，没有爱上吴建飞，没有爱上飞轮海，没有爱上183club，我爱上的是一个年近三十，相貌普通，喜欢穿一件白色运动背心在操场上打篮球的老男人，人类灵魂的工程师，我们的语文老师林庚。

准确地说，我没有恋爱，只是暗恋而已。

爱上自己的语文老师，爱上一个永远表情温和的老男人。敢问，全世界还有比我更土的十七岁的女生吗？

林枳看着我的眼睛，表情忧伤地问我："田丁丁，让我说你什么好呢？"

我，想，告，诉，他。

"好吧。"林枳低声说，"你最好换了短裙去他家，问他题目。"

她把玩笑开到我的限制级，我的脸红得像番茄。她得逞，把头埋在手臂里咕咕地笑。我看到她雪白的脖子，忍不住想伸出手掐一把，看看她是红还是痒。美女就是美女，脖子都美得让人嫉妒到发狂。而田丁丁就是田丁丁，就连恋爱都是这么没有浪漫感。可怜我是真的爱林庚，我迷恋他上课时微带儿话音的普通话，迷恋他手指轻叩黑板提醒我们注意听讲时的神态，迷恋他微笑时眼角细密温顺的纹路，甚至迷恋他高高举起课本时的那双布满青筋的双手。如果他不经意间和我的眼神相撞，我就有一颗想要去死的心。

天中的秋天永远充满了变幻莫测的色彩，黄的草，红的跑道，男生天蓝色的球衣和少女粉红的球鞋，组成一块巨大的调色盘，等待成为一幅好看的油画。但我是没有色彩的，灰色的我淹没于灰色的教学楼中，唯一庆幸的是我还有林枳，她参与我的喜怒哀乐，知晓并洞悉我的一切，没有她，我猜不到我的生活该有多么单调，就像开水就着白面包。

傍晚七点是晚自修的时间，但我忽然想逃课。因为晚自修没有林庚，林庚去了南京，那里有个为期一周的青年教师交流培训班，据说他是作为骨干被特别招去的。三天没见到林庚，我像是被人抽去了筋，全身软弱无力。更没脸皮的事情是，我给他发了三条短消息，有问好的，有装模作样问问题的，他均没有回我。

不回就不回，他以为他是谁?

只是，我再也无心向学。

林枳说:“好吧，我就舍命陪君子，今天我们都逃课，我带你去一个好地方。”

“去哪里?”

“算了。”林枳说完这两个字，一双大眼睛仿佛被点亮一般，流光溢彩。

我知道“算了”。那是学校附近一个著名的酒吧，那里出过无数的英雄人物，他们的故事在天中流传，经久不息。但是，那绝不是一个普通女生应该去的地方。这一点，我相当清楚。

“不是想做问题少女吗?”林枳用挑衅的眼光看着我说，“怕了?”

“怕……个屁!”我犹豫了一小下，终于说了粗话。

那天我真的穿了短裙，牛仔的。裙子是林枳的，她说她穿太大了，会从腰上滑下去，而我却费了老大的劲儿才把腰上的扣子扭起来。在林枳的指挥下，我还化了淡妆，用她的金粉在眼睛附近狠整了好几下，林枳看了哈哈大笑，终于肯评价我:“像孙悟空。”

孙悟空就孙悟空。谁叫林庚你离我十万八千里，我今晚就要大闹天宫。

我摇着短裙和林枳一起，趁着门卫转身的空当，偷偷溜出校门。如果现在被如来佛罗梅梅女士看见，我一定会被压在五行山下永世不得超生。不过如果是那样，我会不会就从此不再想念老男人林庚呢? 我忍着内心的折磨转头看林枳，这才发现她光记得折腾我了，自己脸上干干净净的，和她比起来，金光闪闪的我简直就像个小丑。

“你为什么不化妆?”我跳到她身前质问她。

“楚暮喜欢我素面朝天。”她优雅地说。

她叫他楚暮。她有权叫得这样亲热。因为周楚暮不是别人，周楚暮是她的男朋友。

我没有见过周楚暮，但从这学期开始，这三个字就已经在我耳朵边成了茧。林枳喋喋不休的时候我疑心她是在做梦，但林枳这样的美女拥有如此这般的爱情也是完全应该的。他们应该是青梅竹马，小时候在一条街上长大，他弄坏过她的小辫，她撕碎过他的纸飞机。后来他们分开，十几年后重遇，帅哥变成流氓，美女依旧是美女，但是他们顺理成章地相爱了。让所有知情者都羡慕不已。

当然在我们学校，我是唯一的知情者。

这是美女兼优等生林枳的天大的秘密。

偶尔逃学，用一个字形容，爽。可是，我却忘了我早该积累下来的一个经验，那就是，每一件想象中很爽的事情总是会在事实中变得很不爽。这不，当我和林枳一同走进“算了”的大门，我就忽然很想打喷嚏。我攥紧拳头，拼命克制。这才忽然想起来，我原来是对酒精过敏的。酒吧里浓重的酒精味着实让我头脑发胀，全身软得冒泡。

就在这混乱的时候我居然清晰地想起往事一桩。爸爸年轻时闲得无聊，有一次喝完酒，对着刚满月的我打了一个酒嗝。我就像中了蛊，一个喷嚏接着一个喷嚏，打得脸白成透明色。罗梅梅以为我快死了，把爸爸暴打一顿，哭着闹着要跟他离婚。而我打了半个小时，却自动恢复正常。

从此爸爸喝酒都是极力回避我。

再后来，我只是在记忆中回忆爸爸的酒味，因为他在我七岁的时候跟着别的女人走掉了。这是罗梅梅女士毕生最大的痛和耻辱。动不动就吵着要离婚的她却被别人莫名其妙地甩了，不痛苦不耻辱才怪。但奇怪的是，我却没有那么恨他。

也许我是个需要父爱的女孩子，所以才会在林庚的身上找到安慰。当他俯身跟我说试卷上一处错误的时候，我就有种要流泪的冲动。

是不是真的很夸张?

但，我总是无比深情地想，他是懂我的吧，对我的欣赏，他是受用的吧，只是，他为什么不理我? 想到这里，我就又开始想流泪，泪水在我的眼眶里打转，喷薄欲出。我难受得几乎要死掉，而林枳却完全没有发现。她只顾拉着我往里屋走，我脚步散乱地跟着她，而脸上却是泪水涟涟。

林枳推开里间包厢的门，昏暗灯光下，红红眼圈中，我只看到一个脸埋在垫子中的人。他好像睡着了，整个人放松地躺在沙发上一动也不动。林枳忽然松开我的手，轻手轻脚地走上前，我也不由自主地跟着林枳的脚步，探头想看个究竟。可就在林枳的手快要碰到他脸上那个垫子时，他却忽然整个人弹坐起来。

“哈！”他飞快地拿掉垫子，在林枳的脑袋上狠狠打了一下。一只手伸出来拉林枳，林枳轻轻地尖叫一声，娇笑着倒在了他的怀里。

林枳没有骗我，传说中的周楚暮，果然帅得不像话。

在一边傻掉加吓到的我，忽然没有办法控制自己，一个喷嚏以迅雷不及掩耳之势从我的身体里发出了。

“阿嚏！”

一个惊天动地的喷嚏，外加一张充满泪水五颜六色金光闪闪的脸。这就是我第一次见到周楚暮时发生的一切。

“丁丁，你没事吧？”林枳惊呼起来。我羞得无地自容。此刻田丁丁唯一的念头就是夺过周楚暮的垫子盖到自己头上，再不出来。

“嗯嗯，我有点头晕，低血糖，你知道的。”我心慌意乱地解释着，尽管我自己也不知道打喷嚏与低血糖头晕有什么关系。我只想给自己找个借口，迅速离开“算了”，让刚才的窘态统统算了吧！而且，瞧瞧瞧他们现在的样子，我待在这里算什么呢，简直太丢人了！就在我用面纸卖力地擦脸，想装作若无其事离开时，周楚暮叫住了我：“你就是丁丁吗？”

天哪！他知道我的名字。

“你好。”我努力地做出从容的样子，至少不能让林枳丢脸。

“呵，你好。”说着，周楚暮向我伸出了右手。

我不知道他这个“呵”是什么意思，高兴？嘲笑？无所谓？总之，田丁丁小姐对这个含义丰富的“呵”很不高兴，跟男生握手，跟一个帅哥握手，这对田丁丁来说还是第一次。但看在他是林枳男朋友的分上，我还是象征性地伸出手指碰了碰。周楚暮却哈哈大笑着，用力一把捏住了我的手。我窘得满脸发烧，烧得通红。林枳也跟着哈哈笑，然后用甜得让我害怕的声音说：“楚暮你别这样，丁丁胆小，你会吓坏她的。”

谢天谢地。周楚暮终于放开我，坐回到沙发上，大声说：“妹妹们，来来来，陪哥哥坐坐。”

他当他是谁？！

我轻声对林枳说:“我出去一下。”然后，没等她反应过来，我就撒开脚丫子逃离了这个是非之地。

是的，是这样的。田丁丁的问题少女生成计划，从第一步开始，就宣告彻底失败。

然而你一定要相信我，当我捏着沾满鼻涕眼泪的面纸走出“算了”的大门时，我没有一点沮丧。相反，更多的是轻松。我一路踢着小石子，哼着小曲儿走在回学校的路上，盘算着回去看一会儿语文书，把《离骚》再默写一遍。正当我为自己天衣无缝的学习计划满足地笑起来时，手机偏偏“声不逢时”地叫了起来。

我接起电话，里面传来的声音却几乎让我跌倒:“田丁丁，你死翘翘了，居然逃课，老班今天查人头了！”

“哦，”我仍然故作镇定，说，“没事！就他那眼神，也许压根没发现我呢。”

“不幸！”前桌庄悄悄的声音无比悲痛，“他问我你去哪儿了。我说……”

“说什么？”

“说你上厕所去了。”

我顿时松了一口气。没想到，成绩比我还差的庄悄悄，关键时刻却还是能够急中生智的。可是我马上意识到不对:“那林枳呢？”

“林枳？哼！”她不屑地说，“让她去死！谁帮她谁就是脑子有屎！”说罢，她粗鲁地挂了电话。

我有点儿心累。其实我早就料到是这样。除了老师、周楚暮和我，或许还有她父母，这个世界上喜欢林枳的人还真是少之又少。

这叫什么来着，人在高处不胜寒？

为了不让林枳出事，我还是决定告诉她一声。可是，纵使我一遍一遍地拨林枳的号码，传来的声音依然是：

“您所拨打的用户暂时无人接听。”

“您所拨打的用户暂时无人接听。”

“您所拨打的用户暂时无人接听。”

……

就在我绝望地准备重新杀回“算了”把林枳拖出来时，林妹妹的电话打过来了：“喂，你说出去一下，去哪儿了？”

“没事。”我干巴巴地答，“老班今天查人数了。”

她反应迅速地说：“也就是说，今晚你肚子痛，我送你去医院了？”

“哦……好吧。”我说，“那你好好约会，我先回了。”

她在那边嘻嘻地笑，笑完后说：“好吧，好吧，你不回来也好。”

什么叫“你不回来也好”？

我顶着一塌糊涂的可笑妆容，在华灯闪烁的大街上踽踽独行，滑稽的短裙在夜风中一摆一摆。经过我身边的人大多忍不住回头看我，捂着嘴偷偷地笑。回味着林枳那句意味深长的话，我想起了她和周楚暮。他们现在在干什么？聊天？唱歌？喝酒？接吻？还是……

我为自己猥琐的想法彻底脸红了。

林庚，你能不能告诉我，我离爱情到底有多远？是不是真的十万八千里，我倾尽年少的所有热情也无法和它靠近呢？

2

我永远记得，刚进天中的田丁丁有多么紧张多么老土多么无所适从。开学第一天，我穿着我初中的校服走进了天中的大门——这是罗梅梅女士的要求。她说，天中不是一所追求虚荣的学校，我一定要穿着朴素才能赢得老师的好感。而且，这身衣服还能保证我被其他进入天中的初中同学认出，罗梅梅说："多几个朋友总没坏处。"

我看着某保险公司的"中级客户经理"罗梅梅，她眼角的鱼尾纹，因为这段时间发动所有亲朋好友买一只新的保险，又显得密实了很多。

虽然知道她的"朴素论"和"朋友论"都是瞎扯，我还是叹了一口气，穿上了初中的校服。

结果就是这身衣服让我在开学第一天成为全班的异类——如果说不是笑柄的话。

进了天中我才知道，原来重点中学的女生，并不是只读课本的。

她们都很美，各有各的美法。我简直怀疑她们的书桌里都存着大摞的《时尚》《瑞丽》，教她们怎么样梳妆打扮。

开学第一天，天中还没来得及发放校服，大概所有高一的女生，都利用了这个最后狂欢般的机会，穿出了她们最得意的衣服，举办了一场活色生香的秋季游园会。

相形之下，我深蓝色的初中校服，简直土到不可原谅。

农家土布的颜色，轻飘飘的化纤面料，长到遮住小腿肚的裙摆，完全不知所云的剪裁，裹着我有点发育过度的小腹，不用人说，我也知道，每一个从我身边经过的人，都会意味深长地扫我一眼，眼神里只有三个字：土包子！

就像是故意要加深我的自卑，当班主任公布了排座表，我才发现，我的新同桌，是一名名副其实的超级大美女！

当她穿着一身橙色碎花的淑女屋吊带裙向我款款走来时，我真的以为，自己错误地来到了某电影拍摄现场。

而现场的明星，毫无疑问，就是这位光彩夺目的林枳。

我诚惶诚恐般对她咧嘴大笑，她却好像没看见，从书包里掏出手机，焦躁地看了看时间。

我的笑容僵在脸上。

这出奇不顺利的第一天，让我确信，我在天中的三年高中生活，不会是罗梅梅幻想的鲜花簇拥，而绝对会是，荆棘密布。

果然，第二天中午我在天中食堂吃饭，一个男生端着饭盒在食堂里一路小跑，像一颗失控的彗星般直直地撞到我身上，哗啦一声，饭盒里的西红柿炒鸡蛋，就平均分配到了我和他的鞋子上！

“你走路没长眼睛啊！”我们同时气急败坏地叫喊。

可是，当我们义愤填膺地揪住对方的时候，却又不约而同地发出惊叫:“原来是你!”

世界上的事情，有时候就是这么诡异，偌大的天中，我没遇上任何一个跟我同班的初中同学，却与幼儿园时期的“青梅竹马”丁力申，借一份西红柿鸡蛋华丽地相逢了!

当然，我不会和他说话，更不会跟他攀亲叙旧。

不管和谁相遇，田丁丁都是寂寞的无人关注的田丁丁。

综上所述，开学一周，我几乎都还没跟任何人说过话。当然，这也包括我的同桌，超级大美女——林枳。

我穿着我的旧校服和她默默共处一周，我发誓，那些日子我想得最多的就是，如果她是那光芒万丈的太阳，我就是一朵平淡的白云；如果她是皎洁娴静的月亮，我就是旁边一颗暗淡的星星；如果她是镁光灯下风情万种的舞者，那我就是她飞扬起的裙裾。

她的长相气质，实在不需我再多做排比。整整一周，她都保持着她淑女的矜持，我也保持着我的傻傻沉默。

直到第二周的周一，体育课考核垫排球。

之前一周的训练时间，我的排球水平已经有目共睹。因为我的动作和荷兰鼠无异，所有人都对我敬而远之——换言之，就是没有人愿意和我一组。

那一天是典型的“秋老虎”天气，大太阳高高悬挂空中。尽管我穿着宽松的大号运动服，汗珠仍然连成串一行一行往下掉。

我把排球重重砸在水泥地面上，一下又一下，算是发泄，发泄我莫名的哀伤情绪。

“吁——”体育老师用力一吹哨子，直指我的鼻尖，“那个矮个子的女同学，不要再虐待你的排球了，请爱护体育器材！”

这下，所有人倒是对我投来同情的目光。

拉倒。

我抱着球坐在场边，低着头看自己的影子，心里盘算着等下该怎样告诉老师：因为没人跟我一组，干脆我就自垫吧?

正这样想着，地上的影子却多了一个。我抬头，看到林枳。

美丽高傲的林枳，对所有人的讨好不屑一顾的林枳，就在离我不远的地方，微笑看着我。

然后她弯腰把球捡起来，送还到我手中。“我来和你一组吧。”她说。

那一刻的她白衣飘飘，在我眼中，简直就是一个仙女。

考试的时候，林枳左推右挡，我的垫球终于达到及格所需的数目。能理解我第一次体育课及格的狂喜心理吗？至于林枳，排球成了她体育各项中得分最低的一项，说来变态，这是她唯一没有拿满分的体育项目。

“谢谢。”我诚恳地对她说，并展示我的双手：是两份五颜六色的刨冰。我满怀感激，准备把其中的一份分给她。

可是，人家林枳一点儿接过去的意思都没有。她拢了一把头发对我说：“谢谢你田丁丁，夏天我不太爱吃甜食，太腻了。”

说完，她拧开她的矿泉水，喝了一小口，又对我礼貌地笑了。她笑的时候微微眯起眼睛，唇角好像洋溢着春风，连拒绝都让人觉得那么心旷神怡。

那天我吃完两份刨冰，然后和林枳成了好朋友。

确切地说，当时的情形是我鼓起勇气问："我们可以做好朋友吗？"而林枳却大吃一惊："我们不已经是好朋友了？"

她惊讶的时候两腮微微鼓起，白里透红的皮肤，说不出的好看。

我的脸红了，内心居然有些颤动。

准确地说，是感动。

因为这一次，我没有被拒绝，没有被人用迟疑的眼神从头看到脚，没有被慢吞吞地答复："让我考虑……"然后是石沉大海一切如旧。

一年过去了，林枳和我的感情开始慢慢加温。至少在很多人眼里，我跟她成双入对，是绝对的好友。这也让一向平凡的田丁丁在校园里多多少少有了些回头率。我知道林枳并不是亲切的女孩，班上大多数女生都跟她日渐疏远，她很优秀，所以显得很嚣张。全班所有女生里最恨她的就是庄悄悄，因为有一次考地理，庄悄悄踢林枳的凳子小声问她一道选择题的答案，林枳居然举手报告说："老师，教室里有老鼠！"

然后，她把卷子翻过来，用草稿纸遮住，就昂着头轻快地走出了教室。

那一次考试她的地理得了140分，全年级最高。

因为这件事，我估计庄悄悄要恨她一辈子。

比如，庄悄悄曾经神秘兮兮地提醒过我："田丁丁！难道你不觉得，她在利用你？"

"利用你个大头！"我正在吃刨冰，牙齿打架含含糊糊地回敬她。

利用？当我第一次听到有人提起这些时，我简直要发笑了：田丁丁有什么值得利用的地方呢？

真的，我想都不去想。对朋友而言，任何跟“利用”有关的词汇都不应该出现，朋友为彼此做的一切事情都应该是不计报酬，心甘情愿的。一年以前，从林枳走出队列跟我一起垫球的那一刻起，我世界里的一切冰山都因为她而轰然倒塌，化成一江春水。

朋友就是在你最困难最无助的时候对你伸出援手的那一个。庄悄悄，为什么当时对我伸出手“利用”一番的人不是你呢？

我把林枳当作最好的朋友，因为她才是那个伸出手拉我一把的、独一无二的人。

最好的朋友还应该没有保留地分享彼此的秘密。在我对林庚产生一些莫名其妙的想法后，我就很想跟林枳说一说，只是，我一直没找到机会，也不懂得该如何开口才能不被她笑话。直到有一天中午，在空荡荡的操场边，她忽然停下脚步对我说：“丁丁你知道吗，其实我开始谈恋爱啦。”

我简直就快被她的信任点燃起来了，于是我也昏头昏脑地说：“是啊，我也是啊。”

她却好像没听见我的话一样，拉住我的胳膊说：“为了周楚暮，我真的什么都愿意，你相信我吗，丁丁？”

我拼命地点头。

周楚暮是谁？这名字可真像个女的！

我这么一想，就这么说出口了。不过林枳一点儿也不生气，而是甜美地笑了:“我把我和他的故事慢慢讲给你听好吗?你一定要为我做证，就算全世界都误会我，还有你证明我是这样地尽心尽力。”

我有些听不明白她的话，但我还是拼命地点头。

她终于想起来，问我:“你的那个他是谁呢?”

我羞红了脸说:“我是暗恋啦，人家并不喜欢我。”

“谁呢?”

“林庚。”我说。

我以为我报出这个名字，林枳会尖声大叫。我已经做好去捂她嘴的准备。然而让我有点小失望的是，她只是轻描淡写地说了一句:“哎呀，你真是疯了!”

而且，看她的样子，好像早就对这一切了然于胸，唉，我真是太失败啦。

林枳笑着，弯起食指狠狠地刮了一下我的鼻尖，有点若有所思地说:“丁丁，你也恋爱了。这真奇怪……不过，真好。”

两天后她送给我一小管橙色的 Dior 唇彩，在我的嘴唇上轻轻地抹了一点，轻声但是鼓舞地说:“很漂亮，丁丁!去追求你的老男人吧，祝你成功!”

我的脸立刻烫得像刚煮熟的鸡蛋，可是，居然也泛起一阵小甜蜜。

在我无望地喜欢林庚的日子里，只有林枳能让我偶尔有这么一点幸福感。

我的幸福，甚至和林庚本人无关。

他回来了，我们开始上起和以往一样的语文课，好几次我都想问问他有没有收到我的短信，但终究没问。

他在讲台上给我们讲《赤壁赋》的时候我走神，我在想我自己到底喜欢他什么？他其实真的不帅，鼻梁太高，眼睛太小。他个子太高，走路总有点弓着背；他太瘦，怎么打篮球也没有肌肉；他落后于时代，鄙视超女鄙视好男儿，最崇拜的却是一个比他还老的老男人，宋朝人，名叫苏轼。

每一次讲到和苏轼有关的课文，就是他最神采飞扬的时候。这一次，他居然跟我们讲起苏轼的爱情，讲起苏轼在侍妾朝云死后不再续娶，还写下“不合时宜，惟有朝云能识我；独弹古调，每逢暮雨倍思卿”这样感伤的诗句。

可惜的是，这些感伤的诗句不能像平时一样让我感伤。

因为林枳偷偷塞给我一张字条：“今晚我要去见他。帮我想想办法。”

有时候我觉得，林枳是不是太高估了我的智商？自从她和那个叫周楚暮的恋得越来越水深火热之后，我就学会了两件事：第一件，撒谎；第二件，圆谎。每当我说出五花八门的理由来应对老师的疑问时，我都能感到四面八方佩服的目光——看似木讷的田丁丁不但有惊人的想象力，还有超强的心理素质。不然你看她怎么从来没脸红过？

老天，我可真是被逼的。

而且这一次，情况不一样。

林庚在快下课的时候宣布，因为他出差缺席晚自习一周，本周的晚自习都由他代上。

为了林枳，我能在所有人面前撒谎，却独独不能欺骗林庚，这是我最后愚昧的坚持。

下课的时候，我小声地问她：“你不能不去吗？”

“不去？”她用深深黑黑的大眼睛审视着我，好像已经在问十万个为什么。

我不敢回望她，与她跟周楚暮的甜蜜爱情相比，我对一个中年男人的暗恋，显得这么卑微不值一提，随时都可牺牲。

然而，就在我即将让步的时候，林枳却忽然恍然大悟似的，拍了拍自己的脑门。

“对不起丁丁，”她轻声抱歉地说，“我不该让你为难的。”

那天的晚自修，林枳果然没有逃，而是老老实实地坐在座位上，背诵《赤壁赋》。我有点愧疚地趴在桌上画受力分析图，林枳却给我递糖。

“别人送我的，日本糖果，尝尝。”她没事人似的对我说，就好像不能去约会的倒霉蛋不是她而是我。

我剥了那颗昂贵的糖果塞进嘴里，一股子冲鼻的酸味。我眼泪汪汪地看着林枳，林枳扑哧一下笑了。她笑起来真是好看，牙齿像颗颗小珍珠，眼睛里都反射出那种醉人的光泽。

“对不起。”我说，“都是我害得你不能跟他……”

她摇着头，伸出手指轻轻点住自己的嘴唇，示意我无须再说下去。

就在这时，我感到她的手机在振动。

她轻巧地伸手进桌肚，按掉。

十秒钟之后，再振。这一次，她拿出手机，无限留恋地看了看上面的号码，然后果断地按了关机键。

我的心又开始纠结，可是她却忽然收起手机，摆正表情，假装生气地用铅笔在我的脑门上轻轻戳了一下，说："田丁丁你别苦瓜脸了，你都帮了我那么多回，我配合你一次，不是应该的吗？"

对啊，不是应该的吗？

那一天晚上，我觉得我在心里明确了一件事，就是：好朋友不但应该在关键时刻拔刀相助，不但应该分享彼此的秘密，还应该随时义无反顾地为对方做出牺牲。

这一点，林枳已经做到了，我相信田丁丁一定也能做到。

3

我不知道丁力申是什么时候盯上我的。

上体育课的时候，他故意把篮球扔在我身上，又粗声粗气地叫我站远点儿；吃午饭，他总要挑我旁边的桌子坐，咀嚼的动作总是很夸张，还把他不吃的蔬菜全部挑出来扔在我们中间的过道地上，要有多恶心就有多恶心。他有时又会拿着他的作文一脸虔诚地让我修改，被我用沉默拒绝多次，依然锲而不舍。最最恐怖的是，星期六我回家的时候，他竟然飙着他的山地车，试图跟上罗梅梅载着我的摩托车。每当这时，我都万分心虚地跟罗梅梅东拉西扯，生怕她会发现身后那个疯狂的小子。

其实我的担心是多余的，因为罗梅梅女士想都不会去想，她老实巴交的女儿会有什么问题。这十年来，我们相依为命。彼此看对方，就像看两个透明人，心里那点算盘谁还不清楚？

她爱我，更要命的是，她非常信任我，有时甚至替我自信过头。家长会上老师说田丁丁数学不够好，她就脸红脖子粗地反对说："丁丁在小学数学竞赛还得过奖！她很聪明！"惊得我恨不得跳上去捂住她的嘴。

她对我的保护和相信都不顾一切，甚至显得有些天真。我想，她一定害怕，如果连她都不相信我有多好多乖，这个世界一定更加对我失望。

而我真的，一直一直都在让她失望。虽然她从来不说也不去想。在某些方面，田丁丁的固执，就是遗传她的吧？

其实，我和丁力申之间，本来不应该有如此的敌意。幼儿园时，我们在一个班，目击彼此的跌跌撞撞。我还记得幼儿园里的丁力申，又胖又笨拙，被班里精明一点儿的小朋友欺负了，从来不敢吱声，竟然还要我替他出头。有一次，为了保护他，我甚至打肿了企图抢他的课间点心的小朋友的脑门。我当时还很豪迈地喊了一句："你离我们远点儿！"

现在想来，我还为当年那个英勇的田丁丁自豪。

那时的田丁丁，不自卑，不胆怯。六一儿童节，大班的小朋友们要汇报演出，我参加舞蹈《好爸爸坏爸爸》。老师用口红在我们的脑门上点一个红点，我穿着白色的公主裙和白球鞋，戴着缀着大红花的发箍——在别的小朋友看来，当时的这身打扮简直可以用“惊艳”来形容，如果他们那时就懂得“惊艳”这个词的话。

最出风头的是，最后的压轴戏是我的独唱《种太阳》：

我有一个美丽的愿望
长大以后能播种太阳
播种一颗一颗就够了
会结出许多的许多的太阳
……

我握着话筒，小脑袋一点一点，脸上满是骄傲明亮的笑意。有照片为证。

罗梅梅坐在台下，恨不得把手掌都拍碎了。爸爸就在她身边，举着一台胶片相机不住地给我拍照。小丁力申和他的爸妈也坐在旁边，跟罗梅梅一起鼓掌。

一切都很好。

自从爸爸离开以后，在妈妈的终日哭泣和无边的孤独中，我才越来越沉默懦弱。

而丁力申的人生，却好像被命运女神忽然眷顾般，乘风破浪，一路走高。

他的爸爸忽然官运亨通连升三级，成为我们当地炙手可热有口皆碑的官员。他的妈妈被评为小学特级教师，无数家长为了能把孩子送到她的班上，动用一切可以动用的关系，头都要挤破。

他家也自然而然搬离了我家所在的小区。

搬家的那一天，我远远地看见，丁力申跟他爸爸上了那辆阔气的小轿车，又忽然拉开车门跳下来，朝我的方向急急奔来。

我一直犹豫要不要跟他说一声再见，但还是一个转身，往相反的方向走去。

“田丁丁！”他在我身后喊。

我回头，冷淡地看着他。

他也低头，嘴唇好像翕动了几下，我知道他想说的是：“对不起。”

可是，这都是上一辈人的事，就算他真的感到抱歉，又是在替谁抱歉呢？而我，又能替谁回答一声“没关系”？

我要说明一件事，当年抢走罗梅梅女士的丈夫，把田丁丁硬生生变成单亲家庭问题儿童的“狐狸精”，就是丁力申的小姨。

当年，当我爸和丁力申的小姨突然双双失踪的时候，罗梅梅崩溃了，去丁力申家里披头散发地大吵大闹，直到丁力申的爸爸指着院门命令她：“滚出去！”

我清楚记得，当这一切发生时，小小的丁力申正努力把一个冰激凌塞进我手里。

而我，奋力地把冰激凌甩到地上，用全身力气迸出一句：“我恨你们！”

其实到今天我也说不清楚，我为什么要恨？

我是恨丁力申有一个这么坏的小姨，恨他爸爸说的那声“滚出去”，还是怪他亲眼见证了我妈妈、我们一家人，最为狼狈不堪的时刻？

我说不清。

唯一确定的是，从那以后，我们两家再也没串过门。我和丁力申有十年的时间再也没见过面。

所以，我从没想过我和丁力申还能再次遇见。

更没想到，此刻的他，已不再是那个笨笨的胖小子。

他变声了，挺拔了，英俊了。

而此刻的田丁丁呢？还是那个唱着《种太阳》无限得意的漂亮宝宝吗？

不需要任何人回答，我自己知道：不是。

无情的岁月早已经改变了一切。

所以，我不可能和丁力申再次成为朋友，就算我心里对他已经没有丝毫的恨意，就算我是那么渴望能重新拥有一个真心的朋友。

就让我保持沉默吧。就让全世界都只有一个人知道这个秘密：青春期的田丁丁，除了可笑的倔强的自尊，什么也没有。

然而，我没办法的是，丁力申好像已经铁了心，要把“骚扰田丁丁”行动进行到底。

这不，他居然趁林枳不在教室的时候，坐到了我的身边来。

我连横都没有横他一眼，而是选择把椅子拉得远远的，然后，把身体往相反的方向戒备地缩了缩。

“嘿嘿。”他讪笑着靠近我一点儿，“一个人哪？”

废话。

我听到庄悄悄在前面嘻嘻笑的声音，脸都快红了。

“你的同桌自习时间不在，丢下你一个人孤孤单单，你也不骂她啊？”

神经病。林枳不在关他屁事！

“给你个好东西。”他见我始终不理，谄媚地递给我一个厚厚的本子，“上上上届高考状元的课堂笔记，绝对真品！”

啊啊啊，这只毫不起眼的黄皮小本，就是在天中的高中部吹得最响亮最牛气，据说只要拥有一本就能考上清华北大的小册子，传说中神乎其神的“黄宝书”吗？

饶是我心里鄙视了丁力申一万遍这样的腐败行为，还是忍不住把那个本子一把抢了过来。

没错，上面写满了密密麻麻的字迹和公式，就是传说中的样子。

我的心里，忽然有那么一些的感动。

丁力申大概察觉到我的心理变化，控制不住得意地跟我显摆：“好不容易买到的！有钱也买不到的！送给你！”

他说话的声音大了点儿，前座庄悄悄猛地回头，又一次故作神秘地推了推她的眼镜，重重地叹了口气，转回头去。

丁力申反应奇快，他主动踢庄悄悄的凳子。和我一样颇无男人缘的庄悄悄回过头来，假装生气地说：“干什么啊？”丁力申说：“叹什么气啊？我和田丁丁是哥们儿！同志！知道不知道？”庄悄悄似乎没料到丁力申居然是为了这个话题而找她说话，失望地转回头去。

可是在我看来，丁力申“此地无银三百两”的行为，没有也罢！果然，我已经感觉到有人注意到了我们这一片的小骚动，我似乎已经听到他们窃笑的声音。

我忽然，很生气！

所以我把那个本子狠狠地推回去给丁力申，还在扉页的空白处大力地写下我的心声：“谁和你是哥们儿！你到底是何居心？”

他看了，捂住嘴，好像用了全身的力气才憋住没有笑死。然后，他在本子上又唰唰写了几笔，再用力推回来：“仰慕你，不行吗？”

明知道他是玩笑话，我的脸还是唰的一下烧了起来。

他，该不会，是认真的吧？

是为了报答我在幼儿园曾经照顾他的恩情，还是为了弥补他对我深深的愧疚？

田丁丁，你想象力不要太丰富！我在心里狠狠地嘲笑自己，正想用句什么话来打击他的油嘴滑舌，我的手机忽然在口袋里振起来了。

虽然，我们在教学区是不许带手机更不许开手机的，但最近，只要林枳晚自习偷跑出去，我就会小心地把手机藏进口袋，调到振动，以便和她随时联络，应付一切突发状况。

我微微侧过身子把手机掏出来，果然，收到一条新信息，来自林枳。

在橘黄色夜光的屏幕上，我看见：“丁丁，带一千块来‘算了’。救命！”

我确认了一下，没错，一千块。

救命！

我哗的一下从座位上站起来。然后，从桌肚里抽出一大卷卫生纸，对值日班委挥了一下，捂着肚子跑出了教室。

我没有一千块。我的银行卡上还有罗梅梅给我的压岁钱八百块，口袋里还有这个星期的生活费八十块，我还需要一百二十块，我暂时没有办法。但我不能因为这个，就弃林枳于不顾。

我知道出了校门左拐就有一个提款机，可是，现在是晚自习，我根本出不去！

操场上的风有点凉，哗哗地吹着我深红色校服的裙摆。我的心里涌动着焦灼和当侠女的激情，可当我鼓起勇气往传达室跑过去的时候——丁力申！鬼才知道他什么时候又出现在我面前，白衬衫松松垮垮地解开两粒扣，像个不怀好意的流氓。

“田丁丁，你想去哪儿？”他理直气壮地问。

“关你什么事？”我有点心虚。

“你最近有点神秘啊。搞什么？”

“如果你帮我出校门我就告诉你！”情急之下，我蹦出这一句。

他研究性地打量我一眼，我正在考虑他是不是觉得我疯了，他却忽然反问：“此话当真？”

然后，我怎么也想不到的是，他忽然转身、弯腰，抓住我的手，一个大反转，我已经到了他背上！

我急得打他，他低吼一句：“想出去就给我老实点儿！”

我老实了。

我难道还有别的选择?

他背着我，开始小碎步跑起来，我能感觉得到他的背很瘦，但是很宽，一股子后劲很大的汗味钻进我的鼻孔里，又让我想打喷嚏！我略略地偏过头去。不知道林庚身上会不会有这样的味道?

天哪，这个时候，我在想什么！打住打住。

经过门卫的时候，他低声提醒我:“闭上眼睛装很痛的样子！”然后我听见他用沉痛无比的口气对门卫说:“我同学从楼梯上摔下去伤了腿！老师开了假条，我背她去看医生！”

然后他真的松开一只手，从口袋里摸出一张纸，在门卫跟前晃了晃。

“哎哟！”我适时地表演了一下。门卫手一挥，丁力申一个箭步，哦啦，我们已经冲到了校门外！

确信门卫已经看不见，他放下我，笑嘻嘻地问:“怎么样，我是不是很机智?”

“机智勇敢勤劳善良。”我瞎扯，“拜拜啦。”

他伸出一只脚拦住我:“田丁丁，做人要讲诚信！”

“什么?”我装傻。

“你要去哪里?”

“对不起，不能告诉你。”我要无赖，我怎么能出卖林枳?

“你是去‘算了’吧?”丁力申出其不意地问。

“你怎么知道?”我吃一惊。

他哼了一声，双手插在兜里，摆出一副无所不知的样子看着我。

“田丁丁，你学坏了！”他狠狠地说。

我理亏地低下头。

“你有没有二百块钱呢？”我小声问，“或者，一百也行。”

“怎么，你要去花天酒地？”他不客气地问我。

“不是，”我说，“有用。”

我在考虑是不是要多少透露给他一点点事情的内幕，毕竟，现在能帮到我的只有他。林枳，对不起！我在心里愧疚地呼喊，丁力申却在口袋里摸呀摸，摸出一团模糊不清的钞票，抽出两张：“三天内归还，利息另计。”

“谢谢。”我小声说。

他哼一声，伸出一根指头狠狠地弹一下我的脑门：“要还的！”

我疼到龇牙咧嘴，可是，心里却没来由地泛起一阵小甜蜜。

小甜蜜混杂着残留的小仇恨，在我的心里慢慢地漾开，变成一种我感到陌生的、微酸的思绪。

哦，今天发生的事情，越来越没道理。

我一路小跑到了酒吧街，“算了”的招牌，还是那样歪歪扭扭地挂在那里。从外表看，这绝对是一间不起眼甚至有点破败的酒吧，可是，天知道为什么，我们天中历史上的传奇人物，居然多多少少都跟这间酒吧有点关系。传说，曾经有一个艳丽如向日葵的女生在这里驻唱，她唱的《一江水》成为这里的吧歌。当我捂着腰间的巨款，带着大义凛然的神情闯进“算了”的大门时，一个穿绿色短裙的俗艳女生正在吧台中央扭来扭去地唱："等待等待再等待，心儿已等碎……"

我理理自己的裙子，深吸一口气，已经准备好了英雄救美的场景。

可是，我没看见林枳，只看见周楚暮，他站在一间包间门口，望眼欲穿的样子。

他很快发现了我，口气熟络得像碰见久未谋面的战友："嗨，丁丁，我们都在等你！"

"林枳呢，林枳在哪里？"我紧张地问他，他却向我伸出一只手："带来了吗？"

我刚把钱从兜里掏出来，他就一把夺过去，熟练地点了一遍，然后，一把塞给身边一个戴黑帽子的男人。然后，那个人就好像被施了隐身法，忽地消失了。

周楚暮先生如释重负地吐了一口气，这才想起来告诉我："林林在里面。"

我想一脚踢开包间的门，他却乖觉地替我把门拉开，做出一个唱戏般的手势："妹妹，您里边儿请——"

在最黑暗的一个角落，果然坐着端庄娴静又风情万种的林枳。我期待着她扑进我的怀里感谢救命之恩，她却只是站起来："丁丁，你来了。"

她说得很平静，平静得彻底打乱了我英雄救美的想象。我不知道该说什么，想半天，却只憋出一句："你没事吧？"

"没事！"她摇摇头，"我们不小心撞翻了酒柜，几瓶红酒贵得要命，不能不赔，古哥讲义气，给我们打了个对折，不然还真不是小数目。”

“哦。”我说。

就是这样而已？

我想起手机上十万火急的几个字，忽然不应该地有了一点点失落。

周楚暮拍我的肩，我下意识地缩了一下，他肯定觉察到，掩饰尴尬地大声宣布：“田丁丁，这一次哥哥记住了，以后你要是有麻烦，一句话，哥哥帮你搞定！”

“你把自己搞定就好了。”我嘟囔。声音很轻，可林枳还是听见了。她看了我一眼，眼神有点无奈。我对她挤出一个笑脸，毕竟他是她的小爱人，我应该态度好一点。可是，为什么气氛会忽然这么尴尬呢？

“为了表示对丁丁的感谢，”周楚暮忽然来了劲，打个响指，“Waiter，再来一打啤酒！”

我这才发现，在包厢的桌子上，已经横七竖八地躺倒了许多酒瓶。随着周楚暮的喊声，包间里好像忽然拥挤起来，一些我看不清面孔的人开始呵呵笑，女生穿着吊带裙。服务生很快把酒呈上，周楚暮大方地扔过去一张红票子：“不用找了！”

那是我的钱！

可是我没勇气抗议。周楚暮拿了两只玻璃杯，轻轻一甩，从背后把它们接住，像极了电视里那些酷酷的调酒师。在一通让人眼花缭乱的动作之后，他将一只玻璃杯塞到我鼻子底下：“丁丁，尝尝哥哥为你特制的血色玛格丽特！”

“楚暮你开玩笑，丁丁不能喝酒的。”林枳在一边甜甜地说。

然后她伸出手，接过那只酒杯，笑吟吟地看着我：“丁丁，我代你？”

“谢谢。”我说，“不用。”

我知道我可能在发疯，如果罗梅梅女士看到她从来没有碰过酒精的女儿举起一杯金黄色的啤酒一饮而尽，会不会吓到晕厥？可是我很镇定，出奇地镇定，咽下那杯又苦又酸的液体，居然没有咳嗽也没有呕吐。我出奇地清醒，听见自己用从来没有那么平静的声音问：“林枳，我们可以回去了吗？”

林枳忽然紧紧握住我的手。我感觉到她的手有些微微的颤抖，然后，我听见她用强作欢欣的声音说：“当然，我们回去。”

她的声音里隐藏着什么，忽然我明白，其实她也等不及地想要离开这里。

周楚暮凑上来：“这就走？”林枳点点头。

还没等我反应过来，林枳忽然把我狠命一拉，我们就跌出了“算了”的大门。

深夜时分，街道上有一点点的荒凉。

“打车吧。”林枳说，“宿舍快关门了。”

“可我没钱了。”我情绪有点低落。

林枳不再说话。我拉着她：“快点走，没事的。”她却甩开我的手。她的身体开始有点抖，然后抖得越来越厉害。我问她：“你怎么了？”她却忽然蹲下来，蹲在地上，一言不发，把脸埋在膝盖里。

她一直抖，一直不肯抬起头，我蹲下去想把她拉起来，可是，天哪，她的裙子缩到膝盖以上，在这么近的距离，我终于发现，她的大腿上青了好大的一块！

“你受伤了！”我惊呼。

“我撞倒了酒柜。”她说。然后她站起来，抻抻裙子，又昂起头：“快走，宿舍关门的话，不是好玩的。”

她的神情骄傲而疲倦，像一个被废黜的女皇，但是，毕竟是女皇。

在那一刻我知道，在“算了”发生的事，肯定不只打翻几瓶红酒那么简单。

可是，我没有问。我们继续沉默地往前走，微凉的晚风中，我能感觉到林枳的身体慢慢地慢慢地靠近我。她还在轻微地发抖，我忽然心疼得要命，我觉得自己真对不起她，我的口袋里还有这个礼拜的生活费不是吗，于是我扬起手喊：“出租车！”

“丁丁，谢谢你。”她冰冷纤长的手指紧紧地握住了我的，我终于觉得自己还是个英雄，一股热流开始在四肢翻涌。

其实，是我的错觉，它们只在我胃里翻涌。

一秒钟以后，女英雄田丁丁感到一阵难以自控的恶心，在夜里十点的马路旁边，大吐特吐起来。

我，醉，了。

待我醒来时，我发现我已经待在宿舍里了。

我睡在上铺，睁眼就看到淡蓝色的天花板。我看看周围，床上除了我，还坐着一个人：林枳。

我的心一提，也忙着坐起来。

她按住我，手指在嘴唇上做出一个“嘘”的声音，又转过头去。我躺在床上，发现她的眼睛亮亮的。月光透过宿舍的窗户照进来，照在她柔顺的长发上，照在她半边脸上，她像是一座象征圣洁和永恒的雕塑，周身散发光泽，惹人注目，却叫人不忍触摸。

我看着美好得近乎脆弱的林枳，不知道说什么好。

“我就是坐一会儿，睡不着。”她轻轻地说。

我点点头，没说话。

“对不起，丁丁。”她又说，“居然让你醉成这样。”

我一边笑，一边冲着她缓缓地摇摇头。是我自己要喝的，不关她的事。

她伸出手掌，爱怜地摸了摸我的脸。那温柔冰凉的手掌，让我感觉自己像是被催眠。噢，林枳，我的身边只有你，我愿意为你付出一切，真的。

林枳不再说话，不知道过了多久，久得我都快睡着了，我才感觉到她翻身下了我的上铺。

那天我好像做梦了，我梦见了她的伤口，一块阴阴的青色，像枚不规则的补丁。我又梦见坐在我床头的她，用一个燃烧的香烟头，狠狠地烫了自己的胳膊。

醒来时，我一身虚汗，忽然从床上坐起，已经天亮，宿舍里所有人都起床了。林枳正在梳头，她和我对视，久久地温和地笑着，然后说了一句让我又想晕过去的话：

“丁丁，你真可爱。”

4

接下来的那个星期，我过得无比狼狈。

第一，当我从罗梅梅女士那里领来了这个礼拜的生活费二百块，马上还给了丁力申，剩下的整整一个礼拜，都要靠上个礼拜剩下的四十九块钱度日。

第二，丁力申同学开始更加明目张胆地骚扰我的生活学习作息，好像一只警犬般到处翻翻嗅嗅，像要发现我有什么见不得人的秘密。我虽然不爽，但看在毕竟欠他情的分上，也只能忍受。

只有林枳好像完全忘记了整件事，整整三天了，自习时间她要么温书，要么在抽屉里偷偷研究时尚杂志，一次都没说去找周楚暮，甚至连他的名字也绝口不提。当然，也一次都没说要还我钱。

星期四的中午，当我又一次味同嚼蜡地忍受着学校食堂绝对便宜但是油水不足的煮茄子时，终于痛下决心，我应该跟林枳要钱了。

可是当我坐在座位上，千百次酝酿等她来了如何向她开口的时候，她却昂着头从教室外面走进来，一定又是遇上什么得意事了，只有考得很好时，她才有这种表情。

可是等她坐到座位上来，却只是变戏法似的变出两个小瓶："丁丁，这是我爸爸的朋友从英国带回来的，The Body Shop 的眼霜和红酒面膜，美容大王大 S 推荐的哦，绝对好用。喏，送给你。"

我还没来得及客气没来得及推辞，她已经不容分说地把那两个小瓶塞到了我手里。

所以，我怎么还能跟她提一个“钱”字呢？

人家都送我这么高档的护肤品（虽然只是试用装，但毕竟那么贵！），我怎么还好意思开口讨那一点点微不足道的债务？况且她迟早会还我的。我知道她是有钱人，我曾经亲眼看见她爸爸开一辆宝马到学校来接她，那辆车，保守地说，起码得四十万。

我还是再坚持一下吧。

可是，就算我有足够的耐心，命运却远没有我一半的耐心，下午上课之前，班副抱来厚厚一摞资料，据说都是花重金从湖北黄冈收购来的命题信息和试卷，对高考绝对有帮助，当然也绝对要收费——每人五十块。

奶奶的，活生生把我逼到弹尽粮绝。

罗梅梅女士出差了，我打电话给她，她居然记得很清楚：“你不是每周的生活费都花不完？而且不是还有压岁钱吗？乖，自己先垫一下，妈妈回来给你！”

她会给我？才怪！

而且，我怎么能告诉她，其实现在我什么都没有？

课间小组长来收资料费，我低着头红着脸支支吾吾，她诧异地看了我一眼：“没钱了吗？帮你垫上先？”

“不用不用！”我那要命的自尊心又开始作怪，“钱在宿舍！晚上我就交！”

说出这番话来的时候，我真恨不得自己抽自己一个大嘴巴。

林枳就在我身边，她趴在课桌上，像是睡着了。我很希望，她是真的睡着了，这样，我们都不会太难尴。

中午的时候，林枳跟我说晚上又要出去一下。我明知故问，问她要去干什么。她笑了笑说:“楚暮病了，我得去给他买点药。”

“啊！”我说，“什么病，要紧吗？”

“还好。”她说，“也就是花点钱，其他没事。”

又是钱。

真是个敏感的话题。可是我不敢再吱声，我怕我脑子一糊，再说出什么“有需要尽管找我”之类的混账话，那就真要把我自己活活逼死了。

那天下午的语文课，当我正在魂飞天外地设计怎么让我兜里的四十块钱看上去更像五十，林庚却忽然对我发难。

“田丁丁，你先说说这段古文里有几个通假字，再分别解释一下它们的用法！田丁丁，听到没有？你现在在哪里？泰国？”

教室里爆发出一阵哄笑。林庚居然也微微地笑，没错，我就是一个笑话，所有人都可以看我的笑话，所以我也要跟着一起笑，这样才能显得我不那么傻。

我摇摇晃晃地站起来，林枳在我旁边拼命地翻书，点给我看:“在这里！在这里！”我看见她用钢笔把几个字浓重地圈起来，可是我忽然什么也看不清，什么也不想看，我觉得很累。林枳急得踢我的椅子，我却不管不顾地把头扭向一边，看着窗外。单调的景色渐渐模糊，渐渐更模糊，我的眼睛被潮湿的感觉包围。

原来，我哭了。

就当着全班同学的面，当着我最在乎的人的面，肆无忌惮、丢脸万分、毫无道理地哭了。

林庚露出诧异的表情，有点不解，还有点不满："哭什么呢？坐下！坐下！不会就不会嘛，田丁丁，你放学以后来一下我办公室！林枳，你把刚才那道题给大家说一遍。"

我坐下，林枳站起来。我听见她用平稳优美的声音回答林庚的问题，看见林庚投向她的赞许的目光，我应该嫉妒我应该难过，可是，我没有。我只觉得累。

我完了。我完了。从此以后，在他的眼里，我就是一个不学无术莫名其妙只会发呆和哭的神经病，他怎么可能还喜欢我呢，他在心里一定已经把我鄙视了一万遍。

想到这一点，我忽然感到一阵锥心刺骨的委屈。

然而就在这时，一只温暖的手伸向了我，在课桌下面握住了我的手。那掌心绵软而有些潮湿，像块软软的毛巾，裹住了我委屈的心。那是林枳，我知道。她掌心里传来的信任和温度终于让我慢慢地平静下来。

至少我还有她，不是吗？

放学以后当我走进办公室时，林庚正在喝茶，面前摊着一沓试卷。他的手提电脑里正在播放一首歌，是一个老头的声音，反反复复在用绕口的粤语唱着：爱在深秋，爱在深秋。

哦，他居然听这种情歌。说实话，我并没有觉得老土，反而觉得很有味道。或许，这就是爱屋及乌的表现？

呵，我居然在此情此景，还有心情想这些东西。

"田丁丁，"他直截了当地说，"猜猜你上次考了多少分！"

要命，他把我叫到办公室来，难道是为了告诉我退步好多名?

“还有，今天上课我不就问你个问题吗，你哭什么?”

我不作声，站在那里又无所适从，只好别过头去看窗外。

“上个星期，你是不是去酒吧街了?”他忽然严肃地问，和他音响里传来的柔和的男声很不搭调。

我一下子惊讶地张大了嘴巴，那表情一定滑稽死了，就像条缺水的鱼。

“田丁丁，到现在一个问题你都没有回答我。”他居然还有心情开玩笑，用红色墨水笔点着我的试卷，那上面立刻晕染开来一片“血点”，他一边点着一边说，“我来告诉你，你作文偏题，只得三十五分。选择题倒是全对——”说到这儿，他看我一眼，又把我的心看得拎出了水面。

“可见你的功底还是不错的。”他继续说。我的心放了回去，但到底意难平——难道，他连林枳给我传选择题答案的事都知道了？我倒吸一口冷气。

“你真的想当什么问题少女?”林庚忽然叹了一口气，放下了他沉沉的钢笔。

“可是，在老师心里，你一直是个单纯的女孩子。”

我的心忽然猛地颤了一下，脸也随之热起来。原来，他记得我写过的话。原来，他给了我那么多难看的问号和不看好的分数并不表示他忘记。

“老师，我，”我听见自己用紧张得发颤的声音说，“事情不是你想的那样……”

“不管如何，我不多说。事情是自己想明白的，不是老师教明白的。回去吧。”林庚温和地打断我，声音里有着小小关切，可是最后那句“回去吧”却难掩他的小小失望。

我明白，我清楚。

走出林庚办公室的时候我头重脚轻，脸一直在猛烈地发烫。要知道，这可是我第一次和林庚如此近距离、单独接触！只可惜，我们谈的话题一点也不浪漫，甚至，谈不上令人愉快。在他的心里，我真的已经是个问题少女了吗？他什么时候看见我在酒吧街？更重要的是，他看到我在街边狂吐的一幕吗？如果看见，老天，我在他的心里，该是一个多么不知自爱的女孩子！

对了，难道说，他一直跟着我，直到我晕倒不省人事，再把我一路背回来的吗？可是我又立刻否认了自己的想法：那林枳呢？林枳又是怎么回来的？林庚如果发现林枳晚自修不在，为什么没有找她谈心呢？

是因为他特别关心我，还是因为林枳成绩好，所以他特别放心她？

这么一想我忽然觉得头好晕，靠在教室外面的栏杆上，再也走不动了。

“田丁丁你在干吗？”一个声音又在我耳边响起。

我回过头，是丁力申！

他把手抱在胸前，挑衅般站在我的身后。他的脸上带着嘲讽的笑容，就那么看着我，好像我的无助在他看来是世界上最好玩的事情。

我忽然变得很凶很凶，像在幼儿园的时候一样凶，大声地对他吼：“你整天缠着我干什么？我不是把钱都还给你了吗？你以为我欠你一百万啊？”

他吓一跳，不示弱地给我吼回来：“你神经病啊你！”

“谁神经？！谁神经？！你说说，你老跟着我干吗？我哪里得罪你了？”我更气，这段时间被他贴身跟踪的怨气一下子彻底爆发，“是我的脸上开了花，还是你自己脑子就有包？！”

“同学，”他没好气地哼了一声，还派送一个白眼，“请问这是你田丁丁独有的地盘吗？请问我路过这里不行吗？”

什么话，看他鬼头鬼脑的样儿，我真想对他来顿拳打脚踢！

可就在我准备冲上去的时候，他对我先伸出拳头——然后展开：“有钱的时候再还我！”

拳头打开，是个好大的手掌。我看见两张缩成小团的委屈的粉红色纸币，静静躺在他的手掌中央，像两个刚刚捏成的鲜虾丸子——此时此刻，田丁丁最需要的东西。

原来，我的窘迫他都看在眼里。

“我有钱。”我把头扭过去。

“你有个屁！”他粗鲁地说，“给你三秒钟考虑，要还是不要？”

“要。”我立刻没志气地说，“借我一百，下星期还你。”说罢，我抓起一个小纸团，握紧在手里。

“随便你咯。”丁力申满不在乎地说。

然后他转身，先是走，然后变成慢跑，好像不愿意留给我任何跟他肉麻的机会。

我看着他的背影，忽然发现他已经长得这么高，高到走路的时候有点微微地佝着背，他穿着校服上衣配一条 Lee 的水洗牛仔裤，他很瘦，背影像极了周瑜民，很多女孩子会叫他一声“帅哥”，他一定也收到过来历不明的情书吧？

我再一次心酸地明白，我们再也不是可以吵嘴打架两小无猜的朋友了，也不再是可以任性地相互仇视的孩子了。

我们都已经长大，有些东西已经永远地改变了。

林枳一直都没还我的钱。我看她好像越来越迷恋那个叫周楚暮的小子。有一天晚上，我病了，她却去见周楚暮了。体温计显示我的体温是三十九摄氏度，有一小团火在我身体里慢慢烧着，可我不知道这是为什么。我吃了两颗“白加黑”，用被子蒙住头。半夜爬起来喝水上厕所的时候，我多么希望有人能陪在我身边，可是那一晚，林枳彻夜未归。

清晨五点左右的时候，我听到宿舍门响动的声音，响动很小，其他人都没有醒。我看到林枳，她把门拉开一道，警觉地探头向里张望了一下，就迅速关上了门。

我也紧张地合上了眼，仿佛让她知道我发现她回来是一件见不得人的事。

我假装把被子拢在头顶，偷偷地瞄着林枳。

她按着起伏的胸口，可想而知，她刚才一定是一路跑回来的。她昨天夜里到底去了哪里呢？可惜这个问题难度并不高，我用我还没烧坏的脑袋，不费吹灰之力就猜到了。

一想到这儿，我又像自己做了什么错事似的，把被子一个劲地往脑袋上捂，没想到此举却惊动了林枳。她一步踩上了上铺架，把我的被子掀开一道缝。

我怕怕地看着她，她看我一眼——那眼神好复杂，责怪担心威胁慌乱，似乎都有那么一点点。我还没来得及说一句话，她又把被子一把拉下来，遮住了我的脸。

我的眼前又恢复了漆黑。

记忆中的那一天，林枳除了这个怪里怪气的动作，其他都跟往日没有什么两样。但我却知道，她再也不是以前那个林枳了。

我不知道在她身上发生了什么事，却有一种悲伤的预感，我们再也回不到从前了。

情况终于在第二天上午变得明朗。上课的时候，我的手机一直振个不停，看号码，是陌生的，只响一声就挂断，诡异极了。我以为是无聊电话，差不多想关机的时候，来了一条短信。

这条短信的内容是——

“转告林枳，今晚我等她，过时不候。”

我一下子就明白了这是谁。

我把手机悄悄递给林枳。她没有接，只是看了一眼，脸上什么表情也没有，可她手中的绘图铅笔却泄露了她的感情，忽然折了笔尖。

我还愣在那里，没有说话。她忽然情绪无法自控地把铅笔摔在地上，把我的手机拿过去，按了关机键。

她把手机还给我时，我问了一个我发誓如果再让我想一秒钟我肯定不会问的蠢问题："为什么他不打你的手机呢？"

果然，林枳看着我凑过去的脸，仍旧面无表情地说："因为我关机了，行了吧？你还有什么想知道的，还有什么可好奇的，我可以一次全部告诉你。"

我闭嘴，灰溜溜地低下头，继续我的议论文阅读题。

而林枳，只是用力在她的作业本上画了一个弯曲弧度很大的双曲线，又用绘图橡皮把它狠狠擦去，擦得整张桌子都微微振动。

其实我心里还有一个问题，为什么，为什么林枳要把我的电话告诉周楚暮呢？也许，她是怕自己关机、停机，怕他找不到她会着急吧。这么想来，我又觉得林枳心底一直当我是最亲密的朋友，我心里的那些疙瘩不该存在，不是吗？

哦，如果真是这样，林枳，对不起。

5

接下来的一周，或许是为了与那个没来由的预感抗衡，我竭尽全力对林枳好。

每天上午出操回来，林枳都会发现自己的水杯里已经被灌满了水；我每天早起半小时，排长队买学校最好吃的早点——煎饼，买两份的。把她那份放在保温饭盒里直到她来教室再打开。

我甚至每天早起半个小时为她打好热开水，挤好牙膏。

这样做的时候我丝毫不觉得有什么不妥，我是心甘情愿的。因为，林枳是我最好的朋友。我只知道那些她受到的伤痛，无论她有多么希望不被打扰，自己一个人默默地扛着，我都不会让她觉得自己是孤单一个。

那天早上，当我拿着两份早点兴冲冲地往教室冲的时候，庄悄悄跑步过来跟我打招呼。

“她给你发工资吗？”庄悄悄看着我手上的两份早点，没好气地嘀咕。

“你管不着！”我白她一眼。

“跟班一个！没出息！你把人家当朋友，人家把你当傻蛋！”她不甘示弱地回敬我。

我气得要命，停下脚步想跟她继续理论，一个声音响起来：“你嫉妒我有田丁丁做好朋友吗？”

是林枳，她接过我手中的煎饼，一搂我的肩膀，说：“丁丁，我们走！”

我们就这样在众多赶去上早自习的人的目光中，亲热地手拉手奔跑向自己的教室。

我的心里豪情万丈——是的，我们是朋友。谁也不能欺负林枳，谁也不能欺负我。因为我们一定会替彼此做主。

噢，只是恋爱让林枳不快乐。虽然她不说，但我都看在眼里。

如果真正的爱情是这样，那么，我还是喜欢保持心里对林庚的那份不为他知的感情，这要安全很多吧。

日子终于到周五，还是月假，我收拾一周的脏衣服准备回家洗，为了省钱，我没打车，而是走了半个小时去一个公车站，那里有趟49路公车可以直达我家所在的小区。

当我拎着一只硕大的塑料袋，背着炸药包一样沉重的书包，一步一挨地走到公车站开始等车的时候，居然看见了一个我绝对没想到会在白天看见的人！

周楚暮！他穿一件Nike的新款T恤和一条千疮百孔的牛仔裤，像个富家公子又像个乞丐似的荡来荡去。我不能不承认，白天的他有一点让人失望，看上去他只不过是一个长得非常帅的混混，和气质高贵的林枳相比，完全不在一个档次。

可更让我崩溃的是，他的身边有一个女孩，他亲昵地揽着她的腰——这个女孩，长着一张俗气得不行的脸——虽然我承认她也有那么一点漂亮，但她绝对不及林枳，真的一点都不及。

我不知道我下一步是应该和他打招呼，还是假装没有看见。或许，我最应该做的是替林枳质问他一句：周大帅，你搂的这位是谁？

然而只是一瞬，他也看见了我，我不敢相信，他居然大大方方笑嘻嘻地跟我打招呼："嗨，丁丁！"

我哪步也没实现得了，而是愣在那里没作声。

他还是笑，松开那个女孩的腰，又在她屁股上用力地拍了一掌，那女孩对这下流的动作没有表示任何抵触，而是懒洋洋地哼了一声，再一扭一扭地走开了。

"那是我妹，"他说，"丁丁，近来如何？"

"你妹？"我终于忍不住脱口而出，"那林枳也是你妹？"

"林林？"他大声笑，"如果你愿意这么说……也是。"

我发誓，那一刻如果不是手里提着满满的一袋脏衣服，我一定会跳起来打爆他的头！

"我会告诉她的。"我咬牙切齿地说。

"你现在就可以打电话给她，"周楚暮满不在乎地掏出手机说，"来来来，要不要我拨通电话给你讲？"

"你！"我气得想骂脏话，却只说出这么一个字。

周楚暮忽然迈近一步，用研究性的目光看着我，我和他之间，就像第一次在酒吧里一样离得那么近。我紧张地往后一仰，可鼻子里瞬间灌满了他身上的香水味，那是一种让人想起黑夜里的星星的味道，我似乎有些转移注意力，他的声音也忽然变得有一点异样。

"丁丁，你知道吗？"他压低嗓门说，"我以前从没见过一个女孩，眼睛像你的一样漂亮。"

真，真的吗？他一脸严肃不像开玩笑的样子，我紧张地眨了眨眼睛，告诉自己要稳住。他却迅速地退后一步："丁丁同学，千万不要误会，我赞扬你的美丽，完全是情不自禁，我没有任何追求你的意思！"

"你无聊！无耻！"我回过神来，语无伦次地指责。

"我的无聊和无耻绝对超出你的想象。"他笑着，猛地把脸贴近我的脸，"丁丁，你想不想试试呢？"

鬼才想！我赶紧偏头躲开他，他的脸却更快地凑过来，我脚下一软，唇边已经被什么轻轻一点，那一霎我脑子忽然空白，然后就看见周楚暮站在半米外，双手抱在胸前，笑眯眯地打量着我。

我！的！天！

老天做证，这辈子我从来没吻过一个男孩，却无数次地设想过我的初吻，它最好在我减肥十五斤之后才发生，它最好发生在一个黄昏，我想象着一个中年男人，我能闻到他身上淡淡的茶叶香……可是现在，它就这样轻易地被一个小流氓猝不及防地抢走了！

我愤怒地揉着嘴唇，眼泪已经在眼睛里发烫，周楚暮还在不知死活地看着我，我真想跟他同归于尽！

挽救了他和我生命的是一辆49路公共汽车，那辆车像一只疲倦的树懒一样缓缓挪过来，上面一如往常地塞满了买菜回家的大爷大妈，提醒我此刻如果在公交车站跟一个小流氓继续纠缠不清下去，该是多么地狼狈与不堪。

我跳上那辆车，仓皇逃跑了。

回到家里，我做的第一件事是，洗脸。

打了一盆微烫的水，用我洗得干干净净的 Micky 毛巾，蘸了我新买的不算昂贵的洁面乳，一遍遍地擦自己的脸。

尤其是，左边偏上一点点的嘴唇。

但我知道，永远也洗不干净了，有些东西失去了就是失去了。

我连哭都哭不出来，只觉得一块大石头堵在胸口，闷闷地难受。我多么希望那一切只是一场梦，就好像在一场特别不愉快的梦里，当你忽然明白这只是梦，就会放任一切进行而如释重负，但现在，不是，就算我万分努力说服自己，也不是。

最难受的还不是这种又脏又慌乱的感觉，而是这种感觉，我甚至不能对任何人说。为此，我感到一些些作呕——天知道，暑假里我一边吃零食一边看的那些韩剧里发生的任何撞吻事件后，女主角感到恶心的表情都让我忍不住狠狠地咒骂一句：“矫情！”

果然报应来了。

对林枳说？

我荒诞地想到，如果她为了报复我而去吻林庚……

对罗梅梅？不如直接叫我去死。

对庄悄悄？我还不如到校广播站广播去。

我握着我的手机，按下一个一个的号码，又一个一个地删去。当我忽然鬼使神差地按下“拨打”键，却发现我拨通的，居然是林庚的号码。

原来，我最想和他说，不是吗？

我强压着自己按掉电话的冲动，把电话摁在耳旁，手一直在微微地抖。他的电话没有彩铃，单调的嘟嘟声每响一下，我的心就咚地敲一下鼓，我该对他说什么？难道直接问他，如果一个女孩子的初吻在毫不知情毫不情愿的情况下被人偷去，她还是不是一个单纯的女孩子？

就在我决心放弃的时候，林庚居然接起了电话！

“喂？”他用温和的声音问，“哪位？”

他没有存我号码。

虽然我已经发短信给他，告诉过他不止一次。

就像他去外地培训，我给他的短信，他一条都不回。

田丁丁在他的世界里，其实是不存在的。这其实是再正常不过的，不是吗？

我发誓，我没有失落，没有沮丧。只是我的心，像忽然被人狠狠喷上了一层干冰，忽然间，倾诉一切的勇气就这样被死死冻住了，动弹不得。

“哪一位？”林庚又问了一遍，声音是那么好听。即使对一个不存在的人，他都是这么好耐心，我不知道是该哭还是笑。

哪一位？

我们是永远的陌生人，不是吗？真让人伤心，伤心欲绝！

我挂断了电话。

十分钟后，罗梅梅的电话打进来，问我是否到家了。

得到肯定的回答，她在电话那头有点歉疚地说：“到了就好。我今天不能回去，明天也悬。你还有钱吗？自己叫外卖吧，等我回去给你烧点好吃的补一补。”

“有钱，”我硬着头皮说，“你忙工作吧，别担心我。”

其实平常罗梅梅不回家对我并不是什么问题，自从她做上保险这一行，我已经习惯独自一人吃外卖的生活。

唯一的问题在于，目前处于负资产状态的我，怎么还能做叫外卖这种奢侈的事呢？

我在冰箱里翻翻找找，只找到几个鸡蛋和一只蔫了的菜心，和剩饭一起下进锅里。为了弥补我一星期吃水煮茄子的艰辛，我在饭里倒了很多花生油，还加了一勺老干妈的豆豉。这样做的直接后果就是，我面对着一大锅惨不忍睹的糊糊，不想吃，可还是必须把它们吃下去。

我家的餐厅里，有一面大镜子。多年以前，当在客厅里安一面镜子成为时髦的时候，罗梅梅也想尽办法搬回家一面，可是这种时髦很快就成为过眼云烟，别人家的镜子都迅速地更换成了更时髦的装饰，只有我家的这面，还固执地留在这里，见证着母女俩的小懒惰和小落魄。

“也好，可以随时检查自己的吃相，做个淑女。”每当罗梅梅也看不惯这面镜子的时候，她就会自欺欺人地这样说。

现在的我，就面对着这面镜子，一口一口地吞咽着令人作呕的食物。为了让自己看上去不那么惨，我尽力装成淑女的样子，每吃一口，就对着镜子用力地微笑一下。

我的眼睛是真的很漂亮吗？

可是，我的吃相是那么难看！

我忽然站起来，端起碗走进厨房，倒掉里面所有的食物。

我并不是第一次发现自己吃相难看。但今天，这个发现尤其让我不能忍受自己。我神经质般地失去了胃口。

那天晚上，第一次，我在浴室的镜子前，仔仔细细地观察着自己。

还算匀称但毫无出众之处的矮身材，肩膀太窄，大腿太粗，小肚子上有鼓鼓的赘肉，腰身不明显，只有微微隆起的胸脯能提醒我自己，这就是田丁丁，十七岁女孩卑微的身体，毫无吸引力的身体，在任何人面前，只能自惭形秽牢牢遮挡起来的身体。

“田丁丁，你无耻哟！”我在心里狠狠骂自己。

所以还是算了吧，田丁丁，何必为一次小小的非礼耿耿于怀，更何必想着对谁倾诉？

反正，在这个世界上，除了罗梅梅和林枳，有谁还会喜欢你才怪。

6

第二天，罗梅梅回到家里的时候，已经是凌晨一点。

我又饿又困，睡得不安，听见她开门，用力地甩脱高跟鞋的声音。我佯装睡着，把脸转向墙那一面。然后，她推开我卧室的门，又关上，关的时候，我听见她重重地叹了一口气。

原来她也有心事，她的心事她从不对我说。不知道从什么时候起，我的心思也开始不对她挑明。我们母女俩的命运，都如此不安，预料不到结局。我在胡思乱想中睡着，梦里梦到罗梅梅，她端着一个碗，语重心长地对我说："田丁丁，你一定要考上南大，不然，妈妈就要去要饭。"

我醒来，吓得浑身都是汗。

起身到厨房，发现电饭锅已经插上，罗梅梅顶着一头乱蓬蓬的头发趴在餐厅的桌子上睡着，等我发现不对冲过去，粥已经熬成了糊糊，一团一团的皮蛋和瘦肉窝在里面，委委屈屈，好像被人栽赃陷害。

我盛了两碗，一碗放在她面前，她哎呀一声醒来，马上明白发生了什么事，夸张地两手一抱头，好像一个败诉的律师，然后遗憾地看着我。

“都怪我睡糊涂了！”她说，“丁丁，你是不是快要迟到了？给你钱自己去买汉堡吃吧！”她说着，端起两只碗想把里面的东西倒掉，我赶紧从她手里抢过来。

“这不还能吃吗，”我说，“营养还更丰富呐！干吗浪费？”

为了证明自己的话，我拿起勺来舀了一大口塞进嘴巴里。万万没想到的是，我知道饭能噎人，却不知道粥也能噎人，一块大大的皮蛋堵在我的喉咙，我想咳嗽，又怕刚才已经说出口的话被立即证明是错误的，强忍的结果是终于一口喷了出来！

有两秒的时间，我和罗梅梅都目瞪口呆地看着彼此，一动不动。然后，她轻声抱怨了一句：“这孩子……”我们忽然同时笑起来。

在我印象里，罗梅梅很久没有笑得这么开心了。自从那个男人离开之后，又自从升入高中后，我的成绩再也不是她的骄傲，她就笑得越来越少了。她的眼睛底下有大大的黑眼圈，笑的时候有深深的鱼尾纹，可是，这笑容就好像令她回到了十年前她仍然快乐的时候，那时候她也是一个没心没肺咋咋呼呼的年轻妇人，就像昨日的田丁丁，不知烦恼为何物。

那天早晨，我一口一口吃完了那些失败的皮蛋瘦肉粥，罗梅梅一边嘟囔着“其实你应该减肥”，一边心满意足地看着我。我收拾书包的时候她才想起：“应该给你这礼拜的生活费！”她打开钱包抽出两张红票子给我。我低头接过，她又说：“上个星期你说有什么资料费……”语气里有一丝犹疑。

“不用了！”我赶紧说，“我已经交掉了，反正每周的钱我都花不完的。”

“哦。”她有点不自然地应了一句。

“你送我上学好吗？”我说，“有点晚了，坐公车会迟到。”

她诧异地看着我：“你不是说那辆老破车被同学看见很丢人吗？”

“此一时彼一时。”我懒得解释。

其实，我只是忽然想和罗梅梅多待一会儿。坐在她那辆女式木兰摩托车的后座，我轻轻把头贴在她的后背。“热死了！”她抱怨，“田丁丁你别黏着我！”可我还是固执地保持着我的姿势，一动不动，并且好似得逞般地嘿嘿傻笑。

只有在罗梅梅面前，我才能这样肆无忌惮毫不介意别人目光地撒娇。

我们是相依为命的母女，不用她说，我也知道她现时经济窘迫。我不想知道这其中的原因，她也不会告诉我。但我多想对她说，其实，只要她在我身边，就已足够。

学校很快就到，罗梅梅在校门口把我放下，交代了几句注意身体注意学习之类的话，正打算走人的时候，丁力申忽然从远处气喘吁吁地跑过来。

“阿姨好！”他大声招呼，“好久没见您啦！”

罗梅梅停下，皱着眉头，打量着这个斜刺里冲出来的英俊少年。

我紧张到呼吸暂停。她会认出他来吗？最可怕的是，如果认出来，她会不会像多年前一样，让别人难堪，也让自己难堪？

罗梅梅不说话，而丁力申无畏地站在她的面前，就好像对接下来会发生的任何事，都已经做好了承受的准备。

幸好，什么都没发生。

过了半晌，我听见罗梅梅的一声叹气："是小力啊！都长这么高了。"

我终于松了一口气。

丁力申得寸进尺地自我介绍："阿姨，我现在和丁丁是一个班。"

他叫我丁丁！

不过罗梅梅并没有接他的茬，而是转头对我说："丁丁，你和小力在一个班挺好的，要互相帮助。"

说完这句话，她就头也不回地走了。

我知道，她是又想起了他。

我和丁力申并肩默默走向教室，在楼梯拐角，我从书包里摸出一百块钱还给他。

"其实你不用着急还的。"他说。

"哦。"我不知道自己应该说些什么好。

我们又一直沉默地走。早读铃善解人意地在这时候响起，我低头向教室跑去时，却被丁力申一把拉住。

"田丁丁，"他低着头看着地板语速飞快地说，"其实，感情这些事，外人都不好评说的。"

“什么？”这话太有哲理，搞得我一时半会儿都不明白他到底想说什么。

当我终于完全理解他的意思，想说一声“没关系”的时候，他却已经松开了我的衣袖，迈着大步子往教室走去。

我慢悠悠地跟进教室，发现林枳坐在那里发呆，表情看上去很难过。我知道她不喜欢我问东问西，于是，只在课间的时候给她倒了杯水放在桌上，不去打扰她。

她跟我说谢谢。

我想起上周末的事，忍不住试探地问她：“怎么，你和他吵架了？”

她摇摇头。

“你……别再跟他在一起了。”我艰难地说，“他对你，不是真心的。”

她却恍若未闻地说：“丁丁，你说我是不是应该去找他？”

“星期五下午，我在车站看到他和一个女生在一起。”我又说，却忽然觉得自己像个可耻的告密者。

这一次，林枳转过身，郑重地盯着我。我迎向她的目光，她的眼睛却好像秋天的湖水一般深不可测。

“你一定是看错人了。”她宽容地笑着对我说，仿佛宽恕我那不好使的眼神，然后便俯身整理试卷，再不理我。

是吗，我看错人了？那么，那天下午发生的一切都是我的错觉吗？我多么希望如此，可事实并不。

那一天，林枳没怎么跟我说话。可是我并不生气，我只是担心她出了什么事。政治课老师叫她起来回答问题，她第一次红着脸说出了“我不知道”，令全班大跌眼镜。

我知道，这样的林枳，心里一定藏着一个巨大的秘密。与其说是秘密，倒不如说是伤口。

她不肯把秘密与我分享，一定是怕我和她一起痛。一定是！

下午最后一节的自习课，又是林庚坐镇。

我正打算好好问几个问题，改变一下他对我的印象，林枳却偏偏传小纸条过来给我，问：“今天晚上我要去周楚暮那里，你陪我吗？”

我把脑袋摇得像拨浪鼓一样。田丁丁可以做无私的绿叶，但是绝不能做可耻的电灯泡，况且又有上次出大丑的教训，我隐隐觉得这个周楚暮先生好似我的克星一般。

“那我就自己去。如果老班来点人，又要请你帮忙。”林枳的字体像钢笔字帖的影印本，看得我入了定。

我的眼光其实只是落在最后那几个字上：又要请你帮忙。我发誓我真的是发了好几分钟的傻才明白过来这其中的意思。

这一次，我真的拿不准该不该再帮她这个忙。

所以，我没有马上答应林枳，我只是把那张字条整个团起来，顺手掷进我面前的笔筒里。可是，我万万没想到，就在这时候，一只沾满粉笔灰的手灵巧地从我的笔筒里把那个小小的纸团取了出来。

他用两根手指夹住我刚刚丢进笔筒里的纸团，放在他的衣兜里，转身又向讲台走去。神不知鬼不觉，好像全教室只有我和林枳两个人注意到了。

我着急得恨不得起身去追赶他，却有一只手稳稳地按在了我的手上——是林枳。

“不关你的事。”她悄悄在我耳边说。

“林枳。”他立刻觉察，用严肃的口吻说，“请不要交头接耳。”

前面座位上有几个人转过头来看了看，林枳低头看书，他们正好把目光投向了我。我狠狠地回瞪了其中一两个。

课后，林庚自然走到我桌边来，说：“去我办公室一趟。”

我没有想申辩什么，而是低下了头。

坐在最后一排的丁力申却不知什么时候出现在我身边，林庚还没来得及走开，上下打量了一下丁力申，大概以为他是要从他所在的过道通过，所以侧着身子，让开一条缝。

丁力申却忽然伸出手，对林庚说：“林老师，请你把我的字条还给我。”

林庚吃了一惊，与此同时，我和林枳也吃了一惊。丁力申仍然伸着他巨大的手掌，摊在林庚面前，像是预备接住林庚掉下来的下巴。

林庚从口袋里把小小的纸团取出来，说：“这个纸团是你的？”

丁力申点点头，大声说：“是，是我写的情书。能不能麻烦老师不要拆开？这好歹算我的隐私。”

虽然是下课，但教室里的同学还是相当多的，在丁力申的广播声里，整个教室爆发了一场迅疾的哄笑，连窗外路过的同学也频频回首，而且我明显感到，许多目光是向我的方向投来。

林庚显然也始料未及，两根手指捏着纸团，表情犹豫不定。我恨不得跳脚，急于解释，满脸通红摇摇晃晃地站起身，却被林枳用力一拉，又重新坐在座位上。

林庚的目光在我身上停留几秒，眉头却由紧锁变为舒展。丁力申继续旁若无人地轻描淡写道："我也没打算把它给田丁丁，扔错方向了。"

前面的庄悄悄唯恐天下不乱地倒在座位上，呈昏厥状，而我的脸上更是发高烧似的红一阵白一阵。林枳忧伤地看我一眼，表情仿佛在说：幸亏刚才没有站起来解释，否则可真要闹大笑话了，谁知道这个莫名其妙钻出来的丁力申，到底在玩什么把戏？

然而更为奇妙的事却是，林庚果真把纸团放在了丁力申的手掌里，并且面色凝重地对丁力申说："你现在就跟我来。"

丁力申跟在林庚背后，在众目睽睽之下，迅速地把手中的纸团丢进我的笔筒里，还附赠一个大大的挤眼，大摇大摆地跟着林庚走出了教室。

一场惊心动魄的战争，就这样莫名其妙地终结在一个叫作丁力申的男生手中。他就像忽然闯入人间的一个冒失英雄，撞翻了屋子里所有的东西，却拯救了整个地球。

"你真的应该把你的情书要回来！"林庚和丁力申走出教室以后，林枳贴在我耳边咕咕笑，"青梅竹马还真是不一般哦。"

"别胡说！"我一下红了脸，林枳耸了耸肩，知趣地趴在桌上小睡，一边睡一边嘴不闲着："防民之口甚于防川！老封建，鄙视你！"

五分钟后丁力申就从办公室回来了，我站起身来，想要问他事情的结局，他却对我做了个噤声的手势，表示他不愿意再谈。

好吧，我都记在心里。

欠你的，总有一天我会还你。

我以为，经历了这场风波之后，林枳可能会忘记去找周楚暮的事。

但我很快就发现，我错了。

那一天，一起吃完晚饭后，不过转身的工夫，林枳忽然又不知所终。

她连纸条也没留下来一张，可我知道，除了去找周楚暮，她不可能有别的任何去向。

我心里不是不担心，可是又无可奈何。我拎着我们俩的开水瓶，无精打采地去水房打水，回宿舍的时候，特意绕了一小圈，经过操场。

只要不下雨，林庚都会在操场上打篮球。穿着老土的运动背心的他，在一帮时尚的孩子中间显得很另类，球技也说不上高，可他还是坚持不懈乐此不疲，甚至在课堂上津津乐道他在球场上的“战绩”。

其实，他在球场上的身影，真的很帅。

每一天，我都是借着打开水之机，假装不经意地经过这里。

有时候他会看见我，有时候他会和我打招呼，但大多数时候，他专注于球场上的拼抢，不会注意到我偷偷窥探的眼光。

可是这天，当我拎着开水壶，低着头慢慢从操场边走过的时候，他忽然叫住我："田丁丁！"

我站住，看着他一边擦汗一边从球场上跑过来，心怦怦直跳。林庚为了和我说话而停止打球，这还是第一次。而且，我似乎闻到了他身上有和丁力申一样的味道……哦，不，似乎又不同……

我正在恍惚中，他又打断我。

"星期五，你是不是给我打了个电话？"他问。

我万万没想到，他会问我这个问题。我不能也没有勇气否认，只好低下头，然后再低，看上去就跟点头差不多了吧？

"你有什么事呢？"他说，"我喂了半天你都不说话，急死人！"

"信号不好。"我用最后残存的智商找了个理由，然后再也说不出话。

"我在外地培训的时候把手机丢了，"他说，"不过，我记得那好像是你的号码。找我什么事，现在不能说吗？"

我忽然想要哭出来。原来他不是忽视我，更没有轻视我。甚至，他手机丢了，却能隐约记得我的号码，这也是一种另眼相看，不是吗？

"有道题忽然不会了，想问问您。"我咬着嘴唇，为自己找了一个冠冕堂皇的理由。

"现在不问啦？"他研究性地看着我。

"问过林枳了。"我急中生智地说。

"噢，林枳——"林庚忽然话锋一转，"她今天到底是怎么回事，你知道吗？"

这个问题又令我猝不及防，我只好抬起眼睛看他。

他微笑，有点莫测高深地看着我：“田丁丁，其实你不是一个会撒谎的女生。”

“哦。”我说。

“帮助同学，不一定要采用这种方法，对不对？”

“对。”我只能承认。

“所以，你可以告诉我林枳今天为什么迟到吗？”

我摇摇头。

“你是不知道，还是不肯说？”

我又摇摇头。

“好吧，”他叹口气，“连原因都不知道就肯撒谎，田丁丁，你还真是讲义气。那张字条的事，我也不想多说了，你自己回去想一想。”

他提到字条的事，我更加不知所措，只能更加使劲地摇头，可越是摇头，就越感觉他已经看穿了我的内心。

“好啦，不要老摇头。”林庚的口气忽然变得有点无可奈何，“快回去吧，晚自习别迟到了。”

说完，他伸出手，在我的脑后拍了一下：“快去快去！”

天哪，我要怎样努力地站住，才能不因为这幸福的一拍，而忽然晕厥过去？

我提着两个热水瓶摇摇晃晃地走回宿舍，再怎么克制，还是为他对我这突然的亲昵而飘忽不已。

同时我也暗暗下定了决心：我一定要和林枳好好谈一谈，我要做一个真的讲义气的田丁丁，为了林庚，也为了我自己。

而不是，一个问题女生。

7

好长的时间里，我都在思考，应该怎么对林枳说。

“林枳，不要谈恋爱了，谈恋爱很影响学习。”啊呸，这真是一个烂理由，她成绩一直那么好。“林枳，我看他不是真心爱你，不然，你怎会那么痛苦。”不行，搞不好林枳以为我在挑拨离间。“林枳，他跟别的女生不清不楚，我看，他不是个好人！”我来替林枳评价：多管闲事多吃屁！

到底怎么说，才算最合理呢？就在我费劲思考的时候，庄悄悄神神秘秘地拉住了我说：“超级大美女好像有麻烦哦！”

“你怎么知道？”我警觉地问。

“我怎么知道？现在全班哪个不知道！你看看她那副样子，黑眼圈像被人打过，走路跟鬼一样在飘，老班喊她都要喊三句她才应。还有，前两天晚上她起码在我上铺翻身了五百次，搞得我睡眠缺失；昨晚她很晚都没回来，我好不容易睡着，结果睡死了，早晨差点迟到！”

“病了吧。”我随口应着。

“病什么哦，我看是心病。莫不是被人甩了？”庄悄悄幸灾乐祸地说。

我宁愿相信周楚暮真的为那个“妹妹”把她甩了。这对她，倒是件好事！

我的妈呀，我想我有必要找她深刻地谈一谈了。

接下来的一节课，我都在考虑，怎么跟林枳开始这场早该开始的谈话。不知道为何，自从我告诉了她周楚暮的事，她对我就好像有了说不清的隔阂。我宁愿理解成这是她对男朋友不忠行为的不适应，而不是对我的不信任。毕竟，虽然她好像无动于衷，但哪一个女生会不为这种事生气呢？

她冷淡的态度就是明证。

第四节数学课我们小测验，平时林枳总会提前做完，然后漏一两道选择题的答案给我，让我的成绩不至于那么地惨不忍睹，可是这一次，她没有。

终于熬到午间休息，所有人疯狂地涌向食堂。虽然我已经饿得前胸贴后背，但还是在座位上磨蹭着，我想制造一个和林枳单独相处的机会，可我不知道怎样开口。

让我感到安慰的是，林枳仿佛跟我有默契似的，也留在座位上，没有动。

教室里终于只剩下我们两个。可是，我看着她，她也看着我，我们忽然像相隔遥远的陌生人，不知道该如何交谈。

“丁丁，”林枳终于先开口，“你的钱……”

我使劲地摆摆手：“不是那个……”

“我最近有点紧张。”她低下头说，“所以，对不起。”

“没关系。”我说。

然后，我们俩又陷入了该死的沉默。

为了打破尴尬，我提议："去吃饭吧！"

林枳却摇摇头，发狠地把桌上的书一本一本摔进抽屉。"我不饿，"她说，"你自己去吧！"

她的口气里似乎带着责备的味道，我还没反应过来，她却忽然趴到桌子上，把脸埋进肘弯里，肩膀开始一抽一抽地抖动——她哭了。

我没办法形容那一刻我的感受。

这是她第二次在我面前哭。

她从来都是那么从容不迫优雅逼人的女王，她聪明美丽春风得意前途一片光明，可是自从她和周楚暮认识之后，她变得脆弱、神经质，甚至酗酒堕落……总之，一切不好的，都是周楚暮给她的！这个十恶不赦的流氓！

可是她哭得那么伤心，白色的校服袖子很快湿了一大片。我不知所措地轻轻拍她的后背，忽然觉得她这么哭全都是我的错，如果我那天在公车站不看见周楚暮，这一切都不会发生！没有人会背叛，没有人会流泪，一切都还一如从前，可以用无伤大雅的谎言来维持着表面的美好，可是现在，我除了傻傻地站在她身边做着无意义的安慰动作，已经什么都不能替她挽回。

"丁丁，能不能帮我一个忙？"林枳终于止住了哭，抬起被眼泪洗得更加黑白分明的眼睛，恳求地看着我。

我拼命点头。这一刻，她就是要我穿夏威夷草裙在全校师生面前扮演麦兜，我都愿意！

她看着我，目光里充满了感激："能不能……帮我去一趟药店，买……这个？"

她撕下一张纸，在上面飞快地写了几个字，然后，揉成一团，递给我。

我心里忽然有了不好的预感。

我慢慢地把那张纸打开，在中午的阳光下上面的字迹显得很淡，可是，"早孕试纸"四个字，还是刺痛了我的眼睛。

林枳说，其实她本来想自己去买，而且还真的去了药店。但是，她去的那一家药店离她家太近，卖试纸柜台的中年女人认识她爸，斜着眼睛不怀好意地问她"有男朋友了吧"，吓得她再也不敢尝试。

"不能换一家药店吗？"我问，"学校附近也有一家的。"

"我实在没有勇气再去试一次。"她用绝望的眼神看我，让我知道自己说了蠢话。

"周楚暮不能去吗？"

"他……我还没有告诉他……"林枳慌乱地解释，咬着嘴唇，"而且，他一直要我吃药的，是我没吃，我怕发胖。所以……"

"你怕他生气？"

林枳无助地点点头，一双大眼睛又开始泫然欲泣。

"你确定真的有危险？"我妄图安慰她，"我的月经有时候也会推迟，是不是因为压力太大？"

"我的一直都很准。"她肯定地说，"再说，丁丁，我不能等真的出了事才去补救，不是吗？"

她的神情又变得那么镇定，找到了解决办法的她，好像又变回了那个无所不能的女王，什么事情她都可以搞定。

“可是，我……”我嗫嚅着，“这个，如果他们也问我是不是有男朋友呢？”

“丁丁，求你了，你长得这么小，柜台的人肯定不会怀疑你，你可以说是帮你同学买啊，她们肯定相信你的，肯定！”林枳晃着我的胳膊，语气里已经有了一丝哀求的味道。

所以，不管你说我没大脑也好，说我逞英雄也好，我兜里揣着林枳给我的二十块钱，终于，义无反顾地踏上了这条为了林枳上刀山下火海在所不惜的不归路。

出教室的时候我迎面撞上丁力申，他正端着饭盒急匆匆地往教室跑，这么一撞，饭盒啪地掉地，我忽然闻到一股诱人的香味——红烧排骨！这小子，生活还真够奢侈。

“田丁丁，你！”丁力申气得直瞪眼，“走路长点眼睛！”

我不示弱：“掉了才好，让你馋！把饭菜带出食堂区，你胆子越来越大了。”

然后，我狠狠地撞了一下丁力申，自己揉着剧痛的胳膊扬长而去。

其实，我只是想找个东西用力撞一下，撞哪儿都好，以此发泄一下我心中没来由的压抑感。

一路上，我都在想对策。我记得看过的新闻上说，英国每年的超市失窃案中，失窃最严重的物品就是早孕试纸。少女们羞于购买，往往采取偷窃的手段。

或许，我也应该到哪个超市去偷偷看？

不过，我还是迅速打消了这个念头。我可不希望在我迈出超市大门的那一刹那，所有的警钟为我而鸣，到那时，我田丁丁恐怕想不出名都难了。

我决定，还是去离学校最近的那一间药店。

一是因为午休时间已经过去了一半，下午第一节是语文课我不想迟到；二是，我们学校原则上不允许学生中午出校门，药店这个时间应该很少人光顾。

口袋里的二十块钱已经被我捏出水来，我一边奔跑，一边默念着“早孕试纸早孕试纸”，怎么样才能把这几个字用最小的声音说出来而又让别人听清楚？怎么能把掏钱收纸入兜逃跑这一系列动作做到一气呵成？冲进药店的时候我被一级台阶绊了一下，在正式进门以前我在橱窗玻璃里照了一下自己，略感放心：校衣校裙，蓬头垢面，这样乏善可陈的女孩恐怕想恋爱都没机会。我忽然理解了林枳为什么死都不愿意再来买试纸，原来长得太漂亮也不是没有缺点的。

万幸的是，药店里果然没有什么人，只有几个看上去很闲的店员在柜台里打盹。

速战速决！我在心里给自己制定了方针。

我想，既然是和怀孕有关的东西，那应该在妇科。在一排一排的药架中，我终于找到了这两个字，我小心翼翼地走过去，一边用眼睛的余光瞄着两旁药架看有没有我要找的东西，一边弯下腰对那个坐在椅子上昏昏欲睡的店员，用蚊子般的声音小心翼翼、惜字如金地说："早孕试纸。"

她应该是听清了，头都不抬地答："没有！"

"为什么？"为什么？我居然问出了如此弱智如此让自己抓狂的问题！

"一号柜，哼哼。"用"哼哼"代替的两个字我没有听清楚。我知道那一刻我的脸已经红到了脚跟，下一秒就可能夺门而出上演一场舍命狂奔，可是我居然还厚着脸皮恬不知耻继续惜字如金地说："再说一遍。"

她大声不耐烦地说："一号柜，器械！"

声音好似平地惊雷，我仿佛看见瞬间药店里所有瞌睡的人都惊醒，用诧异的眼神看向我这边，他们的眼神里都有四个血淋淋的字：问！题！少！女！

器械？！有没有搞错，我只是买一张纸，为什么搞得我好像来做人流呢？更让我崩溃的是，站在一号器械柜台的那个店员，居然是一个长着小胡子的男人，他用一双睡眼惺忪的眯眯眼上下扫了我一遍，才居高临下地问我："要什么？"

"早孕试纸。"我的声音已经小到不能再小，整个世界只剩下自己的脚尖。

我听见他拉开玻璃柜门，填票，撕纸："去那边交钱！"

在忍受了收银台中年女人的质询和鄙视的目光后，我终于拿着那张珍贵的小票返回了器械柜台。我看着那个小胡子的男人慢吞吞地检查，把小票夹好，终于，他伸手进柜台掏出了那一小袋珍贵的纸……

结束了结束了结束了……我在心中默默祈祷。

可就在这时，一个声音在我身后响起："田丁丁，你怎么会在这里？"

在那一刻地球对我而言，已经停止了转动，所有的时间戛然而止。

我僵硬地转身，出现在我眼前的人是林庚。

我下意识地后退了一大步，离开那个堆满各种品牌避孕套的"器械"柜台。而林庚似乎丝毫没有察觉到我的异样，反而关切地看着我："病了？"

"是的，"我下意识地应道，"小感冒，不碍事。"

"哦，"林庚说，"我也感冒了！最近降温比较快，要注意身体，身体是革命的本钱嘛，哈哈！"

"林老师我……我先走了！"我慌乱地说，脚已经开始迈向大门。这时候我心里只有一个念头：逃！

就在我转身迈着急速的步子冲向门口的时候，那个该死的小胡子店员在我身后着急地喊："小姐，你东西还没拿呢！"

我如被冰冻住。

拖曳着步子回到器械柜台，林庚疑惑的眼光已经像两枚钉子一样钉在我身上。小胡子店员忽然间爆发出了可疑的殷勤，对我说道："给你，拿好，一袋三根，用之前记得看一下说明！"

当着林庚的面，他伸手，手掌里躺着那只象征着耻辱的小塑料袋，而我没有意识地伸手接了过来，放进衣兜。

那一刻林庚脸上的神情，我一辈子都没办法忘记。

那是一种疑惑中混杂着失望的表情，先是不敢相信，在肯定之后，忽然演变成纯粹的厌恶。像是在菜市场里，各种腥臭的杂鱼中，看到一条表面光洁的鲤鱼被缓慢地翻过身来，那上面爬满了令人作呕的蛆。

更叫人绝望的是，接下来，他把视线从我身上移开，什么也没说。

他甚至连骂都懒得骂我。

那一刻我比清楚每个人都要面临死亡还要清楚一点，那就是：结束了。田丁丁作为一个单纯的女孩子的形象已经在林庚心里死去了。在那一刻我居然讽刺性地想起了我那篇立志成为问题少女的作文，我终于成功地在他心里成为一个问题少女，但是用的却是这么屈辱这么窝囊这么不精彩的方式。

虽然我前一天已经发誓，要放弃自己以前的想法而做一个正直的好女生。但是，这一切还有什么可以挽回的吗？人总是做不了自己最想成为的那一种，哪怕理想转换，老天还就是让你不能如愿。

真的结束了。我的小小的卑微的暗恋，昨天才刚刚开出一点星星的小花，今天就被狂风暴雨扫荡得一干二净。

可是奇怪，我居然不再想逃。我看着林庚带着嫌恶的表情转身，连自己的药都没买就跨出药店大门，我不想理会所有店员看热闹般的好奇心——或许他们并没有好奇，一切都是我的臆想，除了我自己，有谁会在乎我的世界天翻地覆呢？有谁会在乎林庚怎么看我呢？我不害怕他把这件事告诉老班告诉罗梅梅，我都已经不想活了，还在乎那些干什么。

药店离学校一千米的路程，我行尸走肉般地走着。这一场失败的冒险的唯一成果还在我的衣兜里，像火石一样，随时可能烫伤我的意志。我毫不怀疑我会随时随地倒在马路上。我下意识地紧紧攥着它，心里想，也许我应该跟林庚解释，这不是我要用的——可是，如果我告诉他我是帮人代买，那么那个人除了林枳，还能有谁呢？

在我的一生里，从来没有过这样的矛盾，也从来没有过这样的无望。

我像被人丢进了一口干枯的井里，即使不会被淹死，也不可能有生还的机会。

这一切，都是周楚暮这个混蛋造成的！我要找他算账！

想到这里，我当机立断折身去了“算了”！

虽然我只去过那里一次，但我还是熟门熟路地摸了过去，熟门熟路地推门进去，冷气呼啦吹遍我全身的同时，也吹通了我堵塞的脑子：酒吧一般都是晚上营业的。白天去，除了几个星星点点的服务员，擦桌子的擦桌子，扫地的扫地之外，我谁也看不到。

我四下张望，哪里见得到周楚暮的影子。刚才提上来的一股子气现在已经泄掉一半，如果不是因为我身上只有买试纸剩下的五块钱，我真想在这里一醉方休，死个瞑目。

我不顾脑门上的汗已经快滴到鼻尖，快步走到吧台前，向正在擦杯子的酒保问道：“周楚暮是不是经常来这个酒吧玩？”

“他已经好久不来我们酒吧了。”酒保一边奋力擦杯子一边皱着眉头上下打量我,“你也是找他的妹妹?”

“妹妹?”我真是无比厌恶这个词。

什么叫作“你也是”?

我继续没好气地问酒保:“那你知道他住哪里吗?”

酒保摇摇头,嘲笑地说:“妹妹,不用找他了。他一定是有新妹妹了。”不知为何,听到“新妹妹”这个词,我刚才已经疼得发麻的心居然又升起一股锥心之痛——我替林枳不值,深深的不值。

痛定思痛的我走出“算了”的大门,靠在一根电线杆上,不断地打周楚暮的电话。

“您拨打的电话已关机。”

“您拨打的电话已关机。”

“您拨打的电话已关机。”

我打了有三十次左右,仍然没有人接。我看看自己的手表,谢天谢地,语文课还有五分钟就结束了。

我这才不慌不忙地垂着头向写着耀眼金字的天中校门走去。一路上,除了我的手机和我那与身材极度不相像的影子,只有属于林枳的早孕试纸陪着我,马路上安静极了。

快走到校门口的时候,我听见了下课铃声。

真希望这个世界永远没有语文这门科目。不然,我还有什么脸走进那个课堂呢?

我呆呆地站在校门口进退维谷,心里想着曾经让我微笑让我思虑的课堂,我灰暗的高二生活里唯一的一束光。

它在这个中午被毫不留情地按下了 power off 键。

曲终人散，洗洗睡吧！

想到这一点，我终于忍不住在秋天下午惨白的阳光里，在人来人往的校门口，缓缓地，缓缓地蹲了下去。

8

莫名其妙的事情一件接一件。

丁力申居然被处分了！

他的名字被毛笔写在一张大大的白纸上，那张纸被一场初冬的雨打得透湿，在风中不体面地瑟缩着，接受着所有围观者的指指戳戳。

他为什么会在晚自习的时候跑出学校去打架？为什么被打到全身贴满 OK 绷？为什么他被叫到老班的办公室却死都不肯交代打架的原因？这件事的谜团，简直跟警匪片一样多。

我站在那张通告下百思不得其解，心里却强烈地涌起一个念头：谁知道他是不是被冤枉的呢，像我一样？

想到这一点我忽然愤怒得要命，跳起来要撕那张布告，林枳却狠劲地拉了我一把："丁丁，迟到了，快走！"

第一节政治课因为老师出差去湖北黄冈中学交流而改成语文课。自从那个中午以后，似乎所有的课都被改成了语文课。林庚在讲台上给我们讲着一套又一套专题试卷，随着高考一天天临近，他也不再是那个讲到林觉民的《与妻绝笔书》会慷慨激昂柔肠百转的全班偶像，他好像也成了一个监督我们做题的机器，没有表情地给我们分析成语通假字，寻找着一篇又一篇阅读理解的中心意义。

这样也好。

目前这种情况下的田丁丁，动什么也不能动感情。

唯一奇怪的是，老班至今为止都没有找我谈过话，罗梅梅女士也没有对我抓狂。我不知道林庚出于什么心态为我保守秘密，但这一点无疑让我对他心怀感激，而不能对他说出真相的内疚，却又一天比一天更深。

其实想这么多干什么呢？一切都已经结束了。

林庚，我逃了他的课，他连骂都懒得骂我，不是吗？

如果说这段时间还有什么好消息，唯一的一个就是：林枳没有怀孕。

在我给她买回试纸的第二天一早她就做了测试，因为说明书上说这个时间做是最准的。清晨五点钟，我们的手机同时在枕头底下开振，然后我们就爬起来一起鬼鬼祟祟地进了宿舍的公共盥洗室，她拿着一只塑料量杯走进去，我在门外帮她把风。

她进去捣鼓了好半天，旁边的几个宿舍里已经传来了隐约的响动，我几乎忍不住冲进盥洗室要她放弃的时候，她终于出来了，身上穿的白色真丝睡衣平平展展，像她脸上的神情一样，看不出任何或好或坏的预兆。

我等着她对我说，她却只是做了个深呼吸。

“到底怎么样？”我终于忍不住问。

那一刻林枳的表情，直到今天我都无法形容。那是一种骤然疼痛到极点却又强颜欢笑的表情，她的脸微微仰起，眼睛里充满了模糊的雾气。在那一片雾气里我能看见伤心忧虑寂寞失望，却看不见一点点的笑容。

我的心里忽然充满了不好的预感。“到底有没有事？”我更着急地问。

“没有。”她终于回答。

然后，她慢慢地弯下身体，头轻轻垂到我的肩上，像失去了全部水分的花朵。

“没有就好。”我轻轻地说。

我揽着她的腰，我们一起慢慢地走出了卫生间。这个奇怪的姿势引得经过的人纷纷侧目，但这一次，我决定对这一切视而不见。

七岁到十七岁，田丁丁一直是一个软弱自卑的女孩，背负着这个世界的失望，谨小慎微地生活着。可是这一刻，当一个人放心地将全部重量倚靠在我的肩上，当我能真真切切地感觉到这一份信任，忽然间，我的心像鼓胀的风帆，又重新装满了儿时的勇气。

林枳，我一定会保护你。当我们顶着所有人的目光，勇敢地穿过长长的走廊时，我在心里对自己发誓。

因为我明白，这一次，她没有说真话。

她一次又一次对我说“丁丁我真的没事”，可她整个人都是一副有事的样子。她上课的时候心不在焉，叫她十句她都难得听见一句，偏偏对手机的声音异常敏感，方圆十米之内只要有谁的手机响，她都会像触电般一跃而起。

我知道，她在等谁的电话。

临近期末的时间总是过得特别快，考完一轮，卷子还没有讲完，下一轮的考试马上又要开始。

在第三次月考中，林枳如愿以偿回到全校文科第一的宝座，而我，从全班的第二十二名降到第三十六名。

其实这也是我早已预料到的结果。聪明如林枳，似乎永远懂得将生活中的不如意和学习截然分开，发生在她身上的事件，哪怕再惊天动地，也不能影响到她从容不迫地解答一道数学题。

而我做不到。事实上，这次考试我的名次有了惊人的下滑，跟我的语文成绩以前都是120多分但这一次考了93分有很大的关系。

老班突发奇想，要在班上搞一个进步榜和退步榜，一张红一张白，我的名字在那张白色的榜单上占据了中游位置，丁力申的名字高居第一。

他从第九名飞快地滑到第三十九名，想不当第一都不行。

考试之后的班会上，老班在讲台上慷慨激昂：“不要以为高考还早，高考就在我们眼前，有的同学本来很有希望上一所好大学，但是自我放弃，自毁前程，自甘堕落……我希望这样的同学能看着教室后面那张白榜好好地反省一下！”

我知道他其实不是在说我，因为我的成绩也就是个上二本的料，在老班的眼里，我老早就没有了什么前程可言。

我偷偷扭过头去看丁力申，他面无表情，倔强地把眼睛看向窗外。

我忽然感到一阵心酸。我们都应该是好孩子，因为我们从小就是。为什么有一天，我成了问题少女，他成了流氓少年?

周五的时候省教委来搞卫生检查，加上刚月考过，学校开恩四点就让我们放学。林枳打了个电话以后坐着宝马先离开，罗梅梅还在上班不能接我，我只能坐公车回家。

我做了一个决定。

我在校门口徘徊又徘徊，直到丁力申骑着他的山地车出现，我忽然像一个拦路喊冤的刁民一样，斜刺里冲出，挡在他车轮面前。

他刹车，一只脚支地，大惑不解地看着我。

“嗨。”我对他说，挤出一个向日葵般的笑脸。

“嗨。”他说，“有何贵干? ”

“没什么贵干，聊聊不行吗? ”我无赖地说。

“不行。”他冷冷地说。然后，他上车，加速，扬长而去，留我孤单地站在原地，好像被人打了一耳光一样难堪。

就这几天时间，他忽然变成了一个我不认识的人。他变得冷漠，对人充满敌意，就好像一个被初恋男友抛弃的纯情少女。

我在地上捡起一块石子，冲着他的背影扔过去。石头在一米开外的地方掉下来，落在地上，无辜地打了几个滚。我不知道我在对谁发火，这段时间以来，我的脾气真的越来越差了，我抓狂地甩了甩头发，孤单地、沉重地迈着步子。

我们到底怎么了?

还有我的林枳，她到底怎么了? 这一阵，我已经明显能感觉她是在强撑。纵然有年级第一的美誉，她还是一点也不开心。更让我吃惊的是，有一天她在水房洗衣服时，或许是伤口发痒，她挽起袖子挠了挠，我清楚地看到一道道肉色的疤痕，看得我心惊肉跳。她脸上的表情却很安然。

我只能装作什么也不知道地问她:“林枳，要不要帮你打水? ”

她迅速地把衣袖放下来，冷静地答:“好。”

那些伤，却让我几近不能呼吸。

那个晚上，我失眠了。事实上，自从那天在药店与林庚相遇之后，我就开始失眠，或者做许多奇怪的梦。对于林枳的现状和我怎么样都找不到周楚暮的事实，我只想到一个理由，即使它不是唯一的理由，也是最关键的理由，那就是——周楚暮是个只会推卸责任的流氓，他玩弄了林枳的感情。

玩弄，是一个多么残忍的词。或许，这才是林枳身上出现那些不为人知的伤疤的真正原因。

而且，更让我害怕的是，种种迹象都表明，她肯定是怀孕了。比如，她清晨刷牙时会在洗手间里呕吐，会在信息课的时候去查看相关的网页。但是，我不知该如何开口，如何开口“揭穿”林枳。她隐瞒到今天，一定有她的理由——她的身世背景，不容许她做一个坏孩子。如果我说错话，一定会引起她更大的不安，那，作为朋友的我何不让一切都默默进行呢?

事到如今，我依然记得，她是第一个主动愿意和我成为好朋友的人。她是我的好朋友，这一点，谁也不能改变，永远也不能改变。

我可以默默地帮助她，一定可以。

那天晚上，我把床帘拉得密密实实，盘腿坐在床上，一边思考这个严重的问题，一边看着剩下的两条验孕试纸。其实那天早晨的测试，她只用了一条纸，剩下的两条一直都留在我这儿。

她只是简略地对我说了句："丢了。"

我本想扔掉的，可是要扔在哪里才能保证万无一失绝对不会被发现？转念一想，谁晓得林枳还需不需要再用一次呢？

当我回想起在药店屈辱的那一幕，终于还是没有扔掉那两条严密包装的试纸，而是把它们塞进了我一个学期也难得收拾一次的衣箱里。

与此同时，我也做出了一个有点疯狂也有点危险的决定。

我要不顾一切地弄到钱，我要去找医院，我要把林枳的这件事给帮忙解决了，我不能让她孤孤单单地面对这一切，绝不能！

第二天下午，我去了市中心某家康复中心，我知道门口常有医院的传单可发，或许能找到我要找的本市妇科医院的小广告。

那上面常有88折的字样，这样，林枳的手术费可以更便宜些。

而我更想顺便逛一逛街。市康复中心就坐落在全市最繁华的一条女人街旁边。那条女人街上，各种衣服饰品小吃一应俱全，而被失败到底的月考和近来一系列不如意的事强烈刺激的我，急需一点甜蜜的小玩意来平复心情。

虽然，我还没有完全走出经济危机，但是两个星期省吃俭用，加上没有什么意外的花费，我的口袋里已经有了小小的几十块钱。这点钱买衣服不够，买条手链总可以吧？就算不能买手链，总可以吃个 DQ 最便宜的甜筒吧？

已经有多久，我过着教室食堂宿舍家这种完全没有其他内容的生活了呢？秋天已经一天比一天凉，女生们都已经换上了今季最新款的韩版小毛衣，过校门检查的时候用宽大的校服一罩，逃离了值日生的视线就把校服脱下来。五颜六色的毛衣，配上女生们精心搭配的发式，成为秋天校园里的一道风景。对女生们这种爱美之心，连老师都睁只眼闭只眼，全校恐怕只有田丁丁一个人，希望大家都永远穿着校服，好让自己一无所有的寒酸，不至于表现得那么触目惊心吧。

虽然走得有点胸闷气喘，但走进女人街的地界，那股奢侈腐化热火朝天的气息扑面而来，顿时让我庆幸自己做了正确决定。我知道有一家摊位专门卖仿版的韩衫，款式很多还经常有特价货，可是好久没来，很多摊位都变了样子，看来想找到那一家还有点难度。

没关系，反正罗梅梅刚给我发了短信，她今天可能加班到七八点，这就意味着我可以有两个小时的时间消磨在这条让人心醉神迷的马路上。

我东走走西看看，女人街里真是商机无限。“啊呀呀”的饰品店里放着中国娃娃的老舞曲：“大错特错，不要来侮辱我的美，我不是你的 style 为何天天缠着我……”多么干脆的爱情，一点也不拖泥带水，就像一块苏打饼干。可是歌里的爱情真的是现实中的

style 吗？不管怎么说，那些五颜六色的小饰物还是大大地改变了我的心情，囊中羞涩的我小心翼翼地挑选了一根发带一只睫毛夹，后者是我向往已久的小玩意。以前，总是林枳借给我睫毛夹，她说我的睫毛其实很长但是缺少打理，如果涂上睫毛膏一定超漂亮。我相信她的眼光，她说我美丽，那就一定没有错。我真的发现，跟林枳做朋友以后，我对自己的外貌自信了不少，至少不再是那个走路不敢昂首挺胸的小胖墩。

在商店的镜子前，我把发带围在头上，一个还有那么点时尚气息的田丁丁出现在对面，不禁让我心情大好。

看来，我真的是有潜质的嘛！

我甚至玩物丧志地想，将来万一没考上大学，就到这条街上摆个摊卖 Hello Kitty 也不错。

把"啊呀呀"的彩色手提袋小心地藏进书包，我兴致勃勃地在街上走。或许我不应该这么高兴，我的名字还在那张讨厌的白榜上，不过来日方长，今天的我干吗要为昨天的过失而悲伤？

时间已经六点，女人街上仍然熙熙攘攘，我看着一个一个从我身边掠过的靓女，我不信她们的生活就能一帆风顺毫无烦恼，说不定她们高二的时候成绩比我还要狗屎，可她们此刻都踩着笃笃的小高跟鞋活得那么有模有式那么高傲，人生其实不外乎如此，就算内里是泡狗屎外表也一定要争个光鲜亮丽，才不枉来红尘打过一滚。

这样的想法冒出来的时候我自己都觉得诧异，田丁丁什么时候变成一个这么愤世嫉俗的人了？是林庚的鄙视，还是丁力申的漠视，让我原本甜蜜的小心灵，忽然起了这么多的化学反应？

终于到了康复中心的门口，神态漠然的传单小姐递给我一张传单。

我匆匆扫了一眼，就把传单收进了我的口袋里。

口袋里还剩下三十几块钱，我想了想，去DQ排队买了一个最便宜的白筒，以此终结我在女人街的惬意旅程。

DQ的柜台那个挤啊，就好像他们的冰激凌不是高价贩卖而是白送。我高举着我的甜筒从人群中出来，发现不远处拉着一面“太平人寿”的横幅，一张铺着红布的桌子上，大沓的宣传单摞在上面，旁边围着几个穿着保险公司制服的女孩子。两边的人气一对比，这边车水马龙，那边门可罗雀，真是一个天上一个地下。

因为那是罗梅梅的工作单位，我不禁多看了几眼。现在做保险还真是辛苦，下班时间早就过去，她们还要在这里招徕顾客，看来她们对这种工作的热情也不高，大部分人都坐在桌前无聊地谈天说地，只有一个女人，好像是个异类似的，站在马路中央。

她穿着保险公司劣质的深蓝色制服，斜挎着一条红色绶带，手里拿着一沓宣传单，正在向过往的人群散发。她很辛苦地追逐着那些看上去穿着不错的潜在客户，而他们，就像我挡开售楼先生一样冷漠地挥手制止了她的热情，没有人在意她，没有人为她驻足。

全世界只有我一个人看得呆住。

那个女人是，罗梅梅。

她不是“中级客户经理”吗？怎么会沦落到在街头发传单的

地步?

我想大声喊一句“妈你怎么在这儿”，声音却卡在了喉咙。

罗梅梅转身，我下意识地躲在了一块宣传牌后，我看见终于有个中年女人停下脚步看起了她的宣传单，罗梅梅急忙跟她解释产品，一边说，脸上一边露出百折不回迟钝不堪的田丁丁式的招牌笑容。

可那个女人听了几句就表示不感兴趣地走开了，罗梅梅的笑容僵在脸上，看上去有说不出的失落和疲惫。

人群对推销者总是很冷淡，虽然保险是所谓的“高端产品”，多数人还是冷漠地推开罗梅梅的手，像推开一个不体面的乞丐；有的人接过她的单子没走几步就肆无忌惮地扔进垃圾箱，根本视几步之外的罗梅梅为空气!

我多么想冲上去，扯住那些轻视她的人，冲每个人的脸上狠狠地抡上一巴掌!

可我只是远远地看着，捂着嘴，忍住就要倾泻而下的眼泪。手里的冰激凌迅速地融化，流了我一手黏糊糊的糖水。这高价的冰激凌，在罗梅梅卑微的劳动面前，显得那么可耻。

我偷偷把冰激凌扔在了地上。

然后，我没出息地、自私地、厚颜无耻地，像个小偷一样溜走了。

我疲惫不堪地回到家，虽然没病没痛，却又像病了一场一样浑身无力。罗梅梅的短信跟着就来了:“下班了，饿了自己叫外卖，如果不饿，一起吃晚饭。”

我把传单从自己的口袋里拿出来，仔细端详。我看到了左上角——玛格丽特女性医院，流产手术优惠价：一千元。

一千元！是的，这对我来说，实在不是个小数目，对罗梅梅来说，也不是。

我决定跟罗梅梅好好谈谈，虽然我还不会挣钱，虽然我什么都不能为她做，但我至少可以申请把每周的生活费减半。我也可以不叫那么多的外卖，永和豆浆的猪排套餐虽然好吃可是贵到离谱，如果她没回来我可以自己做饭，就算我再笨，煮个面条往里面打个鸡蛋总还是会的。

但是，她会因此同意借给我一千块钱吗？

我回短信给她："等你一起吃饭。"

她回："好。"

收到这条短信之后我进了厨房，打开冰箱开始研究，我能在罗梅梅到家之前做点什么。

我一定要给她一个惊喜，让她知道她有一个能干的女儿，让她知道这个女儿愿意随时与她同甘共苦。

知道这一点，她一定会笑。

让她笑，是我的责任。

可惜我家的冰箱还是一个令人绝望的冰箱，除了几个鸡蛋和一点剩菜之外什么都没有。研究了半天，我决定先把饭做好，然后炒一个黄瓜鸡蛋，可是当我刚把米洗好倒进电饭锅，开始给黄瓜削皮的时候，大门一阵响动，罗梅梅回来了。

她回家的第一个标志性动作，就是甩掉脚上的高跟鞋，然后，往沙发上一躺。

我赶紧迎过去，顺便给她拿上她的拖鞋。

“工作累了是不是？”我听见自己温柔而做作地说，“我做饭了，如果你累了我可以再去做菜……”

“你懂什么！”她粗暴地打断我，“就知道瞎掺和！”

冷冷的话语让我一激灵。想取悦她的心情，顷刻消失得无影无踪。借钱的话还没有出口，我就知道全然不可能。

难道……林庚……

我脑子里忽然掠过这个可怕的猜想。

幸亏，罗梅梅也不是那种藏得住话的人，她很快揭开了如此对待我的原因：“十分钟以前，你们班主任给我打电话……”

她目光炯炯地看着我，而我心虚地低下头去。

“老师说，上次月考，你是全班退步最大的十个人之一？”

我低头，认罪表情，这个时候说什么也是多余。

“你自己说说是怎么回事？”

“语文……语文没考好……”我终于嗫嚅着为自己找了个最牵强的理由。

“语文？语文！”罗梅梅差点跳起来，“语文不是你的强项吗？”

“没发挥好……”

“什么没发挥好，别给自己找理由。”罗梅梅痛心疾首，“数学也不好，语文也不好，田丁丁，你还能学个什么？趁早退学到街上卖烤地瓜去！”

“那也比在街上卖保险强。”我情不自禁地嘟囔。

“保险？保险怎么了？卖保险很丢人吗？”罗梅梅更是火冒三丈，“我这么辛苦还不是为了你吗？你考这个样子你对得起谁？你说你自己说……”

我什么也没说，我能说什么呢？眼前的罗梅梅就像一头发怒的母狮子，而我的沉默无疑为她的愤怒火上浇油。她瞪着我的双眼里已经开始燃烧小火花，我没想到的是，她居然猝不及防地倒拎起我的书包，狠狠往沙发上一砸，那只“啊呀呀”的彩色袋子就这样不争气地掉了出来！

我多余地飞身上去抢，但罗梅梅身长手长，一下抢在我前面，拎住那只塑料袋的两只角，哗哗那么一倒，我的彩色发带，我心水的睫毛夹，就那样可怜地、无助地袒露在这个疯狂而悲伤的女人面前！

“啊！”我惨叫一声。我当然知道，此时让罗梅梅看到这些东西是什么后果。

果然，她发出一声分贝不亚于我的哀号：“田丁丁，你看看你都买了些什么！”

“我也只买了这么一次！”我大声地申辩。

“一次？”罗梅梅把那条发带拿在手里，又伸手抄起睫毛夹，“我给你钱，你就拿来买这些东西，就不知道多买几本参考书？你也不看看你自己那副样子，经得起几下打扮？每天就知道打扮打扮，你还读什么书？”

面对着罗梅梅暴风骤雨一般的指责，我理智地保持着沉默。其实我很想跟她说：女士，你老土了，打扮和学习成绩有什么关系？我们班成绩最差的李月牙也是全班女生中最丑的一个，最漂亮也最会打扮的林枳还不是次次考第一？可我不能说这些话，像罗梅梅这样的古董女士怎么能理解中学女生的最新动态？她一向认为漂亮的女生就肯定不会学习，漂亮的女人一定是狐狸精——她始终没有原谅把那个男人勾跑的狐狸精。我心里忽然对她有了一种深深的怜悯。

感到庆幸的是，她没有翻我的书包夹层，那张玛格丽特女性医院的传单，正安安静静地、居心叵测地躺在那里。

不过，怜悯归怜悯，庆幸归庆幸，她毕竟是我妈，为了一次考试没考好，犯得上对我如此大动干戈吗？我的心里又有种说不出的委屈，尤其是听到罗梅梅最后声嘶力竭地吼出一句："从下周起，你的生活费降到一百块！自己好好反省反省！"

"没什么好反省的！下次考好不就是了！"我终于和她对吼出来，然后，抓起我的书包冲进房间里，重重地关上门。

门关上的那一刹那，我听见罗梅梅在我身后愤怒地摔碎了什么东西——应该是茶几上的花瓶。

我的眼泪随着那声碎裂的巨响夺眶而出。

可我还是啪地把门锁打下，拒绝安慰，拒绝和解。

其实，我知道她这么发作，不光是因为我，也不光为了班主任的告状，当然，与那小小的发带和睫毛夹的联系更是微乎其微。

她只是，太累了。

这么多年，她一直是这么累。那个男人走后第八年，她被所在的事业单位给分流，没有男人，没有工作，彻底被生活抛弃。她缩在自己的房间里一天不吃不喝，第二天蓬头垢面出来直奔商场买了一堆化妆品，往自己的脸上狠狠地涂抹一顿。然后她开始找工作，从速记员到文秘到推销，直到保险。被拒绝是常有的事，可她咬着牙，不哭。

因为有我，所以，她不哭。

被保险公司录用的那天，她神采奕奕地带我出去吃了一顿肯德基，信誓旦旦地保证让我过上好日子。那天她抹着桃红色的鲜亮口红，握着我手的温度我到今天还记得清楚。就在那一年，一个小小的奇迹也出现在我身上，原本成绩平平的我在中考中超常发挥，居然以全市第十一的名次考上了闻名遐迩的天中。通知书下来的那天，罗梅梅真是扬眉吐气，穿着保险公司的新套装，骑着她新购置的木兰女士摩托，特意几次经过原单位门口。如果有人跟她打招呼，她就矜持地，像个真正的职业女性那样，抿着嘴唇，优雅地挥一挥手。

那段时间无疑是我和罗梅梅的二人生活里，最光鲜亮丽的一段。

只可惜，奇迹从来都只出现一次。

奇迹的主人公，也慢慢被生活打回原形。田丁丁仍旧是那个笨拙的、智商平平的女生，在人才云集的天中活得越来越灰头土脸。而这个世界，对于年过四十身形走样要相貌没相貌要学历没学历要气质没气质的罗梅梅女士来说，更不是什么天堂。

所以，我的名字上了白榜，学雷锋的时候偏偏撞上心上人；

所以，她沦落到上大街卖保险，起早贪黑，经济反而愈见窘迫。

我们生来就是母女，连倒霉都充满了心灵感应。

只可惜，我们都无法诚实地向对方表现我们的沮丧和同病相怜。

所以我们暴躁隔绝互相伤害，像一对愚昧的恋人，用能伤害对方的程度来证明自己的重要性。

我非常非常累，非常非常饿。我听见罗梅梅在厨房里炒菜，油锅哧啦一声满屋都是香味，我想起她还没回来时我是多么费尽心思想要讨她欢心，可是现在，一切都化为泡影。

唯一值得安慰的是，还没有等我提出，罗梅梅已经把我的生活费削减了一半。这件事，或许还能说明我们之间有着某种默契。

我正在用一系列胡思乱想抵抗饿得咕咕叫的肚子，却听见罗梅梅敲我的房门，是敲，不是拍，也不是踢，很耐心地一下下敲，笃笃笃。

我终于忍不住去开门，她端着一盆蛋炒饭站在门口。她最拿手的蛋炒饭，炒得金光灿灿惹人食欲，我却故意没有看一眼，转身又回到床上躺下，用枕巾盖住头。

“丁丁，”我听见她用平静下来的口气说，“刚才，是我有些过分。”

“没。”我简短地、气呼呼地答。

“我最近太累，跟你撒气了，对不起。”

“没关系。”

“可是你也有错，不是吗？”

我就知道，这句迟早要来。我把枕巾从头上揭下来："我的错我已经认了。"

罗梅梅无奈地看着我。

"丁丁，"她忽然疲倦地说，"你是不是有了什么心思？"

我明白她说的是什么。可是，我能把一切向她坦白吗？说我喜欢上了一个老男人，而那个人永远也不可能喜欢我？

我忽然感到深深的抱歉，我还是罗梅梅唯一的世界。她在街头卖保险，开心不开心，全是因为我。可她，已经不是我全部的生活。我已经慢慢长大，要去爱，要去接受伤害，要在外面的世界接受甜酸苦辣的考验和打击，而这些事情，我可能永远不能向她坦白。

"唉，女儿大了，有什么心思也不跟妈妈说了！"罗梅梅发出一声叹息，渴求似的看着我，可我只是倔强而心虚地把头偏向一边。

"我明天要去南京。"她轻轻说，"你在家自己照顾好自己。"

说完，她把蛋炒饭摆在床头柜上，又从口袋里摸出两百块钱放在旁边，然后，她又叹了一口气，走出我的卧室，带上房门。

我看着那盆饭，还有旁边的钱。

没错，是两百块。

她到底也不舍得委屈我。

我捏着那两张红色票子，心忽然像刀割一样地痛起来。

9

那天晚上，当林枳又要溜出晚自习并且拜托我帮她撒谎时，我的精神已经到了崩溃的边缘。

为什么？她明明已经知道了周楚暮那个小子的嘴脸，明明知道他是一个不负责任的花心大萝卜，为什么不趁早跟他划清界限？

“有些话，我必须对他说清楚。”林枳咬着嘴唇，“再帮我一次，丁丁，求你。”

我忽然很想当面揭穿她：周楚暮已经不喜欢你了，你还在自作多情，你还是先想一想你的手术费该怎么解决吧。但是，最终我还是把话咽了下去。

她的表情让我有说不出的心疼，她居然用那样颤抖的声音恳求我，这在以前还真的从来没有过。

她求谁谁都会心软，而且我是真的可怜她。原本就苗条的她开始暴瘦，腰细到只有一握，伸出手就能看到高高耸起的螺蛳骨。这段时间她总是穿江南布衣的长款白毛衣，配上淡卡其色的裤子，淡雅得似一朵茉莉花，整个人就像罩上了一层透明玻璃纸，与世隔绝，晶莹剔透。可是，她不快乐。考了第一的她不快乐，坐宝马回家的她不快乐，我如果拥有了她所有的一切，一定每天都笑到合不拢嘴，可她却一天比一天更低落，瘦到脸颊都凹进去，一副憔悴的样子；最叫人无法忍受的是，我知道她的痛苦和受到的伤害，却无法帮她分担。

所以，我只能原谅她。

与她对周楚暮先生的一片痴情相比，我对林庚那小小的迷恋简直不值一提。她就用那种哀怨而绝望的眼光看着我，看了足足有一分钟。我心想，或者她再去求求周楚暮，他可能会帮她？

我终于点头："但是，你保证这是最后一次。"

"我保证。"她用力地捏了一下我的手，眼睛低下去，好像又要掉泪。

晚自习老班果然来查人数。幸好我已经做好准备，拿出一张医院的病假单。这可是我花了一个中午，绞尽脑汁才做出来的。不用说，是假的。它其实是罗梅梅一月份的一张体检单，名字的地方我用网上买的笔迹消除液抹过，再写上林枳。日期就更简单，加一笔就行。这几个月来我为了帮林枳撒谎，花样繁多手法翻新，连我都觉得自己可以改行去做007。

"林枳今天不舒服，回家休息了，这张单子她拜托我交给您。"老班走到林枳的座位旁边时，我面不改色心不跳地说，恭敬地用双手把单子举到他眼前。

"哦。哼哼。"老班虽然不太满意，但也无可奈何。对成绩好到荒谬程度的林枳，他还是信任的，那张单子拿在手里随便看了看就还给我。

我松了一口气。

可就在老班将要离开，我如释重负地把造假证据收进书包的时候，一个声音忽然响起来。

"老师，等一下。"

所有的人往声源看去，丁力申缓缓地从座位上站起来。这个沉默了那么久的人，接着说出来的一句话，让我恨不得冲过去捂住他的嘴！

“老师，林枳没有回家。”

“什么？”老班一副怀疑自己听错的表情。毕竟，在这个循规蹈矩的重点班，这样戏剧性的场景几乎从未出现过。

“她没有病。她去了酒吧，一家叫‘算了’的酒吧。”

老班的嘴张开就没有合拢，目光却严厉地看向我。

“你有证据吗？”我硬着头皮说，“她可是亲手把单子交给我的。”

“那张单子，”丁力申面无表情地接着说，“如果你仔细看的话，会发现是假的。名字的地方用笔迹消除液擦过了，不过还是能看出来，原来的名字是罗梅梅。日期是一月，不是十一月。”

天，这一切他是怎么发现的？难道他就是传说中的克格勃？我在心里骂了他一百遍，可是，老班的手已经严肃地向我伸过来。

交出去是死，不交更是死。全班人的目光现在都聚焦在我身上，等着看我如何收场。我忽然悲凉地发现，这些目光里没有同情，倒是有很多幸灾乐祸。原来，在我为林枳的逃课行为百般掩饰的这段时间，他们等着看我的笑话已经等了很久。

我手里紧紧攥着那张病假单，老班的声音威严地在我头顶爆炸：“田丁丁，把刚才那张单子拿出来！给我！”

给，还是不给？我的脑子里有十万只蜜蜂在飞。我忽然一眼看见自己桌上的水杯，为了把开水晾凉我一直没盖它，就是它让我忽然有了垂死挣扎的希望。我低着头，假装把那张单子交给老班，然后手一抖，那张上面有着好几种化学物质和几亿只各种细菌的纸条，就飘飘悠悠地飞到了我心爱的Hello Kitty小水杯里！

在那一刹那，老班目瞪口呆。

一秒钟以后，全班的哄堂大笑让我知道自己做了一件自作聪明的傻事。

“田丁丁跟我去办公室！”老班狠狠地说。这是他的尊严第一次遭到如此严重的挑战，要是不把我这个闹事者揪出来，他今后还怎么混？

可我没想到的是，就在我低眉顺眼、自认倒霉、抱着慷慨就义的心情跟随老班走向办公室的时候，老班忽然又想起了什么，返回教室更严厉地吼了一声：“丁力申！你也出来！”

我和丁力申居然又成了难兄难弟。在办公室里，老班对我们各打五十大板，场面还真惨烈。

“你们两个白榜没有待够，今天在教室里一唱一和，到底在搞什么？”

“田丁丁，我先问你，那张病假条到底是真的还是假的？”

“假的。”事到如今我也只能实话实说。

“丁力申，你最近对酒吧很熟啊！上次打架不就是在酒吧？你这么喜欢酒吧为什么不干脆去酒吧读书？”

……

最后的处理结果是：每人做一个星期大扫除，交一份检查。幸亏还没用上我最怕的那一招：通知家长。

“老师你有没有搞错，我是见义勇为，逃课的人不是我呀！”丁力申不服气地嘟囔，被老班狠狠地瞪了回去。

走出办公室的时候晚自习已经下课，我去教室里收拾东西，教室空无一人。丁力申恶狠狠地把书一本一本往抽屉里摔，我终于忍不住冲他吼。

“你高兴了吧，现在？”

“嗯哼。”他死硬死硬地说。

“我跟你有什么深仇大恨，你要这样陷害我？”

他摆出一副玩世不恭的样子，把手交叉在胸前：“田丁丁，你很笨。”

我很笨？

“你以为你这样帮林枳，她就会真的把你当朋友吗？”

“这是我的事！”我凶凶地反驳他。

“她上次借你的钱是不是没有还给你？”

“没有，可是……”说到这里我猛地反应过来：他怎么知道林枳跟我借钱的事？

难道他……

我的脑子里忽然闪过一道亮光，照亮了这些日子以来发生的所有事，所有我一开始不能理解，却又放弃没有再去想过的事。为什么丁力申会突然对我有了兴趣？为什么那天他知道我会去“算了”酒吧？为什么他那么大方肯借给我钱？为什么他会打架，被处分，然后忽然对我冷淡视我如无物？

这是因为，丁力申他一直都喜欢着林枳啊！

而我只不过是林枳的同桌，傻傻的朋友，一个他可以用来观察和接近林枳的跳板罢了。

原来如此。原来如此。

突然到来的真相像一股寒流。在深秋寒冷的空气里，我真的冷得发起抖来。

“田丁丁，我告诉你。”丁力申继续说，“你所做的这一切，根本就帮不了她！你以为你是她的朋友，讲义气，其实你什么也不是！”他居然又对我伸出手来，想要弹我的脑门。

但这次，我对这个动作感到无比的厌恶。

“别碰我！”我冷冷地喊了一嗓子，扭头就走。

世界上还有比这更恶心的事吗？因为一个女生不喜欢自己，就想尽办法要让她倒霉，还假惺惺地充好人，还来教训自己的好朋友！

可是，我真的是丁力申的朋友吗？

在他的心里，有过一分一秒把我当作朋友吗？

我不过是他接近林枳的跳板，不是吗？

除了被嘲讽的愤怒，更多的是深深的屈辱。我可以被庄悄悄认为是傻蛋，为什么不可以被丁力申这样认为呢？或许是因为，我心里还是有那么一点信任他的吧。可是这最后的一点信任，也被他今天对我说不上是警告还是打击的话，彻底地抹杀了。

我冲回宿舍以后一头扑到床上，不顾庄悄悄她们八卦而异样的目光，用被子蒙住头，悄悄地流了一夜的泪。

第二天早读课，林枳毫无悬念地被老班叫出了办公室。

半个小时以后她回来，昂着头走到座位上，继续用清脆的声音读着英语，好像什么事情都没发生，老班也丝毫没说对她有什么处罚。这让我很好奇。

我写字条问她："怎么过关的？"

她微笑着，自信地回给我："我告诉他我走是因为月经提前弄脏了衣服，让你撒谎是因为觉得说实话太丢脸。你知道的，跟老班那种老古董，你只要红着脸捂着肚子说一句'女人的问题'，什么都盖过去了。"

我……倒！

可事实就是这样，林枳逃课一晚毫发无损，我帮她掩盖却要付出做一个星期扫除的惨痛代价！

"你知不知道丁力申喜欢你？"我犹豫了一阵，再写过去。

"知道。"她回答。

"那你会喜欢他吗？"

林枳看了一眼，伸手把字条揉起："我拒绝回答这个问题。"

那天下午，当我拿起笤帚开始打扫公共区，丁力申的话忽然在我头脑里刺耳地响起来："你以为你这样帮林枳，她就会感激你吗？"

我为什么要让她感激我？友谊本来就是不求回报的事。可是，当我打扫完公共区，没时间洗澡灰头土脸地到教室里上晚自习，对比着林枳永远洁净的白衣时，我感到了一阵难堪的落寞。

忽然，我想给林庚写封信。

所以，我真的写了。

我想我无法再承受他的沉默，我知道当他看见一个“单纯的女孩”在药店里买验孕试纸时那种被欺骗的感觉，他大概认为我真的无可救药，才会无视我甚至不屑于告发我。忽然我变态地希望他把这件事告诉所有人，告诉老班，再告诉罗梅梅，这样至少能说明，他还在关心着我，不忍我独自堕落。

“林老师，我知道你认为我是坏女孩，可我真的不是。”

我打着手电筒在被子里终于写下这一句，林庚温暖的目光仿佛又落在我的身上，这么多天累积的委屈，终于变成眼泪，打湿了淡紫色的信纸。那一刻我终于知道，这段时间的自己有多挣扎多不快乐。我想我渐渐弄不明白很多事，为什么林枳知道周楚暮是个坏蛋还不肯跟他一刀两断，为什么丁力申喜欢林枳却一直利用我，为什么林枳把我当成好朋友却仍然什么都不肯对我说？我想他们都已经是大人，可以学会把自己真正的心掩饰得很好，他们都可以，只有我，始终做不到。

然而，不论我多么想让自己的世界保持简单透彻，那些复杂的事情还是一件一件降临在我身上。我需要一个人帮助我，告诉我应该怎么做，可是谁能对我伸出援手呢？最关键的是，谁能帮我搞到一千块钱去帮助我最亲爱的林枳？

林庚，他会吗？

不。

这个世界上没有一个人可以让我倾诉衷肠，我有那么多的话想对林庚说，可这封信，自始至终我只能写下这么一句话。

我终于还是把它塞进了我乱七八糟的衣箱里，因为这本来就是一封永远不可能写完也永远不可能寄出的信。

就让它沉睡，陪着我那颗少女的坚贞而寂寞的心，永远不再醒来。

10

不知道为何，今年的冬天来得出奇地早，十二月初已经飕飕地刮起冷风来。与此相对的是，期末考试似乎也来得更加急迫，各科老师都开始毫不客气地给我们布置比平时多三倍的作业，教室里的灯终于一天比一天熄得晚。即使是午休时间，教室里也都是唰唰唰的奋笔疾书声，每个人偶尔抬起头来都是目光呆滞，我甚至怀疑，就算哪天我站起来大吼一声“我是个变态”，都不会有人多看我一眼。

你看，无论我忧伤的小心灵里还有着多少的疑问，日子还是要这么飞快地奔跑下去。

让人比较崩溃的是，开始有人传言，因为去年天中的高考升学率有些下降，今年学校已经考虑在寒假补课。假期补课虽然是教委明确禁止的行为，但其他的中学一直在背地里进行，其实也抵销掉了天中的一些竞争优势。其实谁都心知肚明，升学率是学校的咽喉，为了扼住命运的咽喉，一向清高的天中，终于也开始有所行动。

所以那天，老班穿着不合时宜的隆重的羽绒服，板着脸走进教室的时候，其实大部分人已经知道会发生什么事。

饶是如此，当老班微笑着宣布“寒假补习班为期半个月，收费五百元”的时候，班里还是响起了一阵哀鸣。

“什么世道嘛，早知道天中寒假也要补课，我不如去念一中了！”

“寒假总共才几天！”

“马上给省教委打电话！”

……

而我们久经沙场对敌经验丰富的老班，只用一句话就平息了所有愤愤之声：“这次寒假的补课不是强制性质的，大家可以自由选择，愿意参加的就报名。”

说实话，我真是服了这种掩耳盗铃式的行为。下课的时候，班长李鸣直接说了一句：“不参加寒假补课班的人到我这里来报名。”说完，就埋头去做他永远做不完的模拟卷去了。所有的人别说反抗了，就连假装反抗的时间都没有。

说实话，对补课我其实也不是那么反感的。如果现在补半个月课能换来一年以后高考多得几分，又有谁不是在不满的同时暗含一份甘愿呢？周末的时候我拎着一大袋换洗衣服回到家，跟罗梅梅一说补课的事，她意料之中地举双手拥护，不过说到补课费，她又皱起了眉头。

“你们学校怎么回事哦，本来收费就那么贵，补个课还要另外交钱，也太不像话了！”

我不吱声。她瞄了我一眼：“不过只要你学习好，我花多少钱都没话讲。”说话的口气活像个怨妇，让我不晓得该哭还是该笑。

星期天她去了趟银行，然后把五百块钱给我塞进书包里。

“收好别弄丢了。”她说。

“哦。”我默默答应，却暗中计划着我早就在计划的一切。

只是没想到，钱弄丢了这件事，居然被说中了。

事情的发生真的一点征兆都没有，我甚至不知道我的钱是在何时何地因为何种原因，那么神不知鬼不觉从我书包最深处最严密的小口袋里消失的。

我唯一知道的是，它确实不见了。我把书包翻转过来捏遍每一个角落，我把课桌里所有的东西都清空，我拾回早晨我包早点的塑料袋，检查教室里每一寸地方，连垃圾房都不放过，结果却是让人灰心丧气的：没有，没有。

我甚至没有足够的时间来为这件事沮丧，因为李鸣通知，学校急于统计寒假自愿参加补课的学生人数，要求把报名名单和报名费今天下午统一交到教务处，过期不候。

“不候是什么意思？”我的语文常识还是有的，只是不甘心地找一个问题以示垂死挣扎。

他怜悯地看了我一眼，估计是在怜悯我的智商。

“不候就是你不愿意参加寒假补课的意思。”

我去！哪有这么变态的学校哦，收起钱来一分钟都等不得！我气得挥舞着我短短的胳膊：“那我就是不愿意！谁怕谁！”

李鸣又怜悯地看了我一眼，转身干活去了。话虽这么说，但我眼看着一个接一个的人到他座位上去交钱，心里还是有点打鼓。

万一真的被排斥在补课名单之外，我该咋办？

“放心吧丁丁，”林枳去李鸣那边交完钱以后安慰我，“学校哪有这个效率啊，你今天不交说不定他们两年以后才能发现！再说，怎么可能不让你补课啊？老班会疯掉的。”

“嗯。”我答允。

林枳也叹气：“可惜我今天没带钱过来还你，我倒是想的来着，但我爸早晨不能送我，我觉得带多钱有点不安全。”

“你误会了误会了！”我连连摆手，“我不是问你催债的意思。”

“我知道你不是。”林枳温柔地说，“不过，我也应该还你了，都这么长时间了。”

“没事。”我知道她缺钱。我怎能不知道她缺钱？

其实，我偷偷看到了李鸣那里补课没交钱的人的名单。那上面也有林枳的名字。

她撒谎了。

不过，她确实不需要参加这种填鸭式的补课。但这同时也说明了一点：她也没有钱。这更确认了，她可能真的需要一笔钱来解决她自己的问题。虽然我没有义务替她出这笔钱，但我有义务在好朋友有难的时候，不去火上浇油。

所以林枳，我是懂你的。我不会跟你催债，是因为我知道，只有我装作一无所知，你才能毫不尴尬地渡过这次难关。

只是，我的补课费该从哪儿来呢？我甚至想到了跟丁力申借。啊呸，我才不要。上回他的态度难道还不够冷漠？现在这算什么呢？

我怀着这种心情又按兵不动地等了一节课。当庄悄悄告诉我李鸣手里的班级花名册上除了我的名字其他人都画上了勾，我终于慌起来。

看来现在的我只剩下唯一的一个选择。

我打电话给罗梅梅，果然，在我严肃地告知我的补课费也就是她的血汗钱莫名其妙地不翼而飞之后，她“啊”地发出了一声高分贝的尖叫。

“再好好找找！”她有点失去理智地说。

“我都找了，找一上午了……”我硬着头皮，“现在马上就要交，只有我一个人没交了，妈……”

“我现在也不能给你送钱去啊！”她微微地压低声音，“我在上班呢！对了，你不是有压岁钱吗？自己先交了！”

压！岁！钱！

我的心里“嗷”地发出一声悲怆的呼喊。

我现在哪里还有压岁钱！

偏偏罗梅梅还好像找到了一个满意的解决方式：“对，你自己先用压岁钱交。然后你还是要好好找找那五百块钱，怎么可能就这么丢了呢？找到了之后给我打个电话！”

天哪，世界上有这么无厘头的母亲大人吗？

我还在想应该怎么说服她，她就把电话给挂了。

我？该？怎？么？办？

接下来的十分钟，我就一直在这样一个字一个字地问自己。

五百块不是什么大钱，可也不是小数目。如果我现在贸然开口跟人家借五百块，就算哪个富人拿出手给我了，万一罗梅梅不给我填补赤字，我猴年马月才能还得起人家?

求人真是不如求己，我只好又拨通了罗梅梅的电话。

“妈……”我拖着哭腔说，“银行卡也丢了……”

“真的假的?”罗梅梅只是这么随口一问，我却一阵心虚。

那天的事情，以罗梅梅来学校给我送来五百块现金结束。

我送她去校门口，她从车棚推出了她那辆老旧老土的摩托车。

我忽然一阵心酸。这么冷的天，大街上骑摩托车的人真的很少，女人就更少。

我看着罗梅梅用一条大围巾裹住自己的头脸，看着她老旧的黑色皮手套有的地方已经泛白。我看见她跨上了车，用力踩着脚踏板，踩了好几下，车才打火成功，发出一阵不情不愿的哼哼声。

这辆车，早就该换了。

引擎发动，我也终于对着罗梅梅说出了我的心里话:“妈，对不起……”

虽然我的声音好像蚊子哼，她还是听见了，疲倦地对我笑一下:“你又不是故意的。钱再好好找找。”

我用力点头。虽然我知道，根本不会再找到。

当罗梅梅绝不优美的身影和那辆车一起绝尘而去时，我忽然感到一阵锥心刺骨的悔意。

我摸了摸自己口袋里的那张硬皮制的存折，忽然悲从中来。是的，我偷了她的钱，就在上个周末。

我们相处了这么多年，我当然知道该怎么找到那张存折。

这个存折里面只有一千块。她很奇怪，把小额的钱分存在好几个存折上，我挑选了很久才决定拿这个。

我正好需要一千块，原因已经无须说明。

我觉得自己欺骗了罗梅梅。

欺骗了这个全世界最信任我的人。

那么可耻，却又是那么地无可挽回。

11

无论如何，在那之后的一周里，事情还是进行得很顺利的。

我和林枳相安无事，小心翼翼地共处着——特别是我，几乎已经到了她不找我讲话，我也不会去打扰她的地步。

我只等着这个周末对她挑明一切的那个机会。

因为这个周末是这学期最后一个月假日，放两天假，她去做手术用一天的时间，再休息一天，刚好来得及。

时间已经不能再等人了。

那天晚上，当我的手机在裤兜里讨厌地振动起来时，我拿起一看，发现是罗梅梅的号码。

她怎么会在晚自习的时候打电话给我？我心里有些疑虑，甚至有一丝担心：她这么快就发现存折丢了吗？

我跑到走廊上把电话接起来，很久，那边却一直没有声音。

“妈，是你吗？”我装出轻快的声音问，“我晚自习呢，你不说话我挂了啊。”

还是没声音。

就在我快要挂掉电话的一瞬，罗梅梅终于说话。

这个声音不似平时的她，居然带着一点点的颤抖：“田丁丁，你……马上回家。”

“今天不是周末呀……”我说。

“我会给你们老师打电话。”

我的心猛地一颤。该不会是出了什么事吧？难道是……交通事故？

“妈，你没事吧……”我问。

“我？呵呵，”她居然笑，“我当然没事。你回来，听见没有？”

“妈，我在复习啊……”

“你还会复习？”她继续笑，这次我听出来了，是冷笑。

“我看你也不用复什么习了，趁早回家来，给我留住个人我就开心了。”

“这么晚没有公交了啊。”我说。

“那你打车。”

说完这句，她挂了电话。

当我从出租车上跳下冲进楼道的时候，发生了什么事，我其实已经有了预感。

可是，当我推开门，看见客厅里微黄的灯光，看见罗梅梅弓背独坐的身影，心，还是一下子抽紧。

她在哭。

我乐天知命神经大条笑声洪亮的妈妈，在哭。

她对着一摊脏乱的衣物在哭。

因为那些衣物的上面，此刻放着两根没有拆封的验孕试纸，和一封被眼泪打湿过的信。

我的心在刹那间一片空白。

哦妈妈，对不起。

可是我该如何跟你解释呢，事情并不是你想的那样子。

我走上前去捡起那两张试纸——其实我这样做是毫无目的性的，也许是出于某种急切想解决问题的心理——后来我才发现我的举动是绝对错误的，甚至是愚蠢的。我总是后知后觉，多么叫人无奈。

本来还坐在地上呜呜哭泣的罗梅梅误以为我要销毁罪证，她一下子站起来，紧紧捏着我的手腕，几乎是吼道："你想干什么？"

我被她捏得生痛，只好松了手。两张薄薄的试纸掉在地上，她却仍然揪着我的手腕不放，并且拖着我就要出门，她一边拖我一边说："你跟我走，带我去找他。是哪个畜生？还有没有天理了？我要告他！我要告他！"

我的妈妈罗梅梅已经彻底失去了理智，我知道这怪不得她，看到这样的罪证，没有家长会不发疯。而我要做的，是让她彻底冷静下来。

我狠狠地甩掉她的手，说："放开我！"

罗梅梅真的松开了。

“你还偷钱。”过了半晌，她才吐出这几个字，嗓音像破掉的纸风筝。

她继续悲哀地说：“你的钱统统花到什么地方去了？供了谁？”

我佩服她居然用了“供”这个字！我不声不响把书包从背上取下来，想坐下冷静一下想想对策。没想到她立刻冲过来，把我的书包拉链拉开，倒了个底朝天。

她一边倒一边说：“我倒要看看你去上的什么学……”话说到一半，她又哭了。她瘫坐在地上，一本一本地把我的书掼在旁边，发出啪啪的声音。伴随着她颤抖的哭声，我心生愧疚，难过得恨不能去死。

我的牛仔裤暗袋里，装着我偷她的那一千块钱。这牛仔裤是我唯一穿得下的微喇型号，它紧紧地包裹着我的身体，不留任何空隙。生硬的新钞票，此刻正抵着我脆弱的神经，我全身都硌得慌。我回家之前，刚好路过邮局，正好把它取了出来，罗梅梅的所有银行卡、邮箱甚至手机密码都是我的生日，她年纪大了，记不住复杂的号码。我驾轻就熟地取了钱，把那正好一千块的存折小心翼翼地放进我的书包夹层里了。

其实，我没有后悔，我甚至庆幸我早把钱取出了。不然，可怜的林枳她要怎么办才好？

终于，我也哭了。

我甚至哭得比她还要凶。罗梅梅坐在我的身边，看着我哭，面无表情，无动于衷。我不知道她在想什么，也顾不得，我把这段时间以来所受的一切冤屈和不快都化成眼泪，哭了个昏天黑地，心里居然觉得稍稍好受些。

那天晚上，发生在我和罗梅梅之间的谈话，后来又变得出乎意料地波澜不惊。或许她只是需要我一个彻底的否认，需要我施展法术把这些堕落的证据消弭无形，可是我们俩都是肉眼凡胎，最终还是堕入审问和被审问的窘境。

"这个试纸真不是你用的？"

我摇头。

"那是谁？"

我还是摇头。

"这个老师是你们哪个老师？"

我再摇头。

唯一能说出的只是："事情不是你想的那样。我真的没有男朋友。"

罗梅梅女士把那两张烫手的试纸抛了老远，站起来走到别的屋子，砰地关上了房门。

我理解她。如果我有一天发现自己被信了十几年的人狠狠摆了一道，我不但不会信她，我简直不相信全世界。

可是，我又能对罗梅梅说些什么呢？

"验孕试纸是我同学的，她有一个小流氓男朋友，那个流氓还曾经亲了我一下。

"信是写给语文老师的，我喜欢他很久了，可是他并不喜欢我。"

这是真相，可这是罗梅梅愿意听到的吗？

所以，我只能沉默。

罗梅梅，也在沉默。

我独自在冰凉的地板上坐了一个小时，然后拖着麻木的身体站起来，回到我的房间躺下，顺便把裤袋里那珍贵的带着我的体温的一千块取出来，放在枕头下。

我闻到钱的气味——这奇怪的味道，真是不好闻。但是只要它能帮助林枳渡过难关，付出多少都是值得的呢！我的眼泪再一次涌出，这一次，我没有去擦它。

我告诉自己，我要勇敢地付出，勇敢地接受。因为我知道，只要林枳没事，这一切都是值得的。欠罗梅梅的以后我可以加倍还给她，可是林枳呢，她肚子里的那个巨大的“肿瘤”多留一天，都有可能彻底毁了她。

我握着我的手机，一直开着机。我很希望林枳可以在这个时候打个电话给我，哪怕只有几句安慰。她很少安慰我——多半是因为我神经大条，几乎没有安慰我的机会吧。可是我是多么希望她可以安慰我呢。但我知道，这么晚了，谁也不可能给我打电话的。我要坚持，坚持，再坚持。我在凌晨四点五十分给自己打气，然后迷迷糊糊地睡去。感觉只躺了不过十五分钟，天就亮了。

天一亮，我就条件反射地神志清醒了。我一睁眼就坐起来走下床，打开房门走出去。

罗梅梅的公文包已经收拾好，她正在对着镜子梳头，看来是要去上班。

我也去洗了把脸，准备上学。可就在我走到门口时，罗梅梅把我拦住："你今天哪儿都别去。"

我愕然看着她："可我是去上学啊！"

"你还上什么学！我让你去学校不是让你去学坏的！"她恨恨地说，"你们那个学校叫什么重点中学，老师不管学生还师生恋！等我查出来你男朋友是谁……"

"我跟你说过我没有男朋友！"我跳脚。

她冷冷地看着我，然后，说出一句让我崩溃到极点的话。

"你还不老实！你有没有男朋友，难道真的想让我带你到医院检查吗？"

这句话里含着那么多冷冷的侮辱，我终于无助地收声，再也不试图跟她解释。

说完那句话之后，罗梅梅再也不看我，收拾好东西就要出门。临出门之前她掏出钥匙，像要把门锁上。

我的心又像被人扔进冰窖，哭不出来的悲伤。

"你不用锁门。"我对她喊，"放心好了，我哪儿也不会去。"

罗梅梅犹豫了片刻，终于还是收起了钥匙。

"田丁丁，"她看着我一字一顿地说，"我就再相信你一次。"

"但是你记住，如果你今天出了这个家门，就永远不要再进来。"

就这样，她走了。

我趴在阳台上看见她骑上她那辆褪色的摩托，连她的背影里，都写着对我的失望。

一个上午，我都开着电视，在家百无聊赖地闲逛。我知道期末考试一个礼拜以后就要开始，我知道我还有大把的习题没做大把的内容没复习，可是事到如今，这一切对我又有什么意义？

失去了最爱的人的信任，就算我下次能考全中国第一，又有什么意义？

上午的电视节目就像学校课堂一样枯燥无味，不是广告就是那几个已经被人看厌的痴男怨女。我机械地转着台，不知道自己在寻找什么，或许我在找一个世界上最快乐的节目，只要看它一眼，所有的烦恼就会顷刻消失，我就会变成一个聪明的女孩，能够应付眼前的困局，能够重新得到一切人的信任，也能重新信任一切人。

这样的节目，当然不会存在。

临近中午的时候，我的手机在响，可我不想接。

让全世界都统统见鬼去吧！我恨恨地自语。

可是它锲而不舍地响了第二次第三次，我终于还是接起来。

“田丁丁，你能不能来一个地方？”是丁力申的声音，透过话筒差点震破我的耳膜。

“怎么了？”我说。

“林枳要去小医院做手术了。”丁力申说，“她不要我借钱给她，小医院，很危险，你是她最好的朋友……”

半个小时以后，我带上了我崭新的一千块和那张薄薄的一直放在我贴身口袋里没有被罗梅梅发现的广告纸，与丁力申在一个十字路口碰头。

丁力申用一种悲伤的眼神看着我。一秒钟，两秒钟，他忽然伸手摸摸我的头发，用一种不自然的口气说："丁丁，我带你去见林枳。"

我不由自主地跟着他飞奔。我的脑子已经马不停蹄地想到——小诊所……多么危险的地方……如果林枳有事……哦不，她没有钱，连诊所的门都进不了，又怎么会有事……这两天里，发生的事情实在太多。多到胀爆了我迟钝的头脑，我已经不能再思考。

天越来越冷。我忽然想起，今天的天气预报说，有雨。

小巷的尽头，"为你诊所"的招牌挂得歪歪斜斜，却异常醒目。

林枳，现在就站在那间诊所的外面。

她还是穿着白衣和卡其色休闲裤。她看上去那么高贵，那么飘忽，那么忧伤，好像不是生活在这个世界上。

"林枳。"我终于还是叫她。声音一出，却发现自己已然哽咽。

她转过头，看着我，好像用眼睛对了很长时间的焦，才认出来我的模样。

"丁丁，你怎么在这里？"她微笑着对我说，"我来这边看我的一个亲戚，你们要不要一起进去坐坐？"

"林枳。"我没想到，她到现在还是死死地咬住不松口，实在是到了不得不揭穿她的时候，"你在这里……"

她还是笑，笑着不说话。

"你已经……做了手术？"丁力申忽然打断我的话，问道。

"什么手术？"她吃惊地反问。天底下再也看不到比这更无辜的面容，然后她又笑，这笑里带着一丝嘲讽，“丁力申你在胡说八道些什么？”

“我知道你有五百块。”丁力申缓缓地说，“你宁愿去偷，也不愿意接受我的帮助，我真的就那么让你讨厌吗？”

那一瞬间，我看见林枳的脸变得煞白。

而丁力申的表情，就维持着冷冷的一动不动。那是一种伤透了心的表情，我明白。

我也肯定，这个时候，我的表情也和丁力申一模一样。

原来她有五百块。

我的五百块，果然是在她那里的。

我看着丁力申，他冷漠地对我说：“那是你的五百块，田丁丁。”

空气因为冰冷而发出了碎裂的声音。我冷得厉害，一直缩着肩膀，发抖，发抖。但是，我告诉自己要稳住，我从口袋里掏啊掏，想掏出保护了好久还带着体温的我偷罗梅梅的一千块钱，以及大医院的优惠单，想要递给她。可是不知道是不是因为太冷，手指僵掉了，好久都掏不出来。

我迟疑着，终于还是问出：“林枳，我的钱真的是你偷的吗？”

林枳忽然爆发出一阵笑声。

是的，我没有听错。

她笑得那么清脆，那么舒心，好像遇到了这辈子最快乐的事。

“田丁丁，你真的，真的是……”她一边笑一边指着我，“我有生以来见过的最好笑的人哎！偷钱？我偷过你的钱吗？”

“丁力申，”我转向丁力申，“你撒谎对不对？”

丁力申不说话。可是我却真的什么都明白了。

“林枳，”我又转向林枳，“你借我的钱总是真的吧？”

她朝我摊开手掌说：“借条给我，证据给我。”

我目瞪口呆地看着这一切。我的手终于握紧了那些委屈的温暖的纸币，我只要一努力就能伸出手，向她递过去。可是不知道为什么，我把手从口袋里抽了出来。

半晌，我才终于伤心地肯定，用了全部的力量，伤心地肯定。

“林枳，你从来没把我当过朋友，是不是？”

“是的！我怎么会把你当朋友？”她还是哈哈笑，笑得喘不过气，“你看看你自己，你凭什么让人把你当朋友？你很漂亮吗？你很聪明吗？你很有钱吗？你算什么？你以为把自己打扮得像一只火鸡一样就能吸引林庚的注意，做人如果都像你一样那么可笑，怎么会还有活下去的勇气？你以为丁力申喜欢的是你吗，你问问他，他从头到尾都只是利用你，利用你来接近我！所以，麻烦你不要再自以为是沾沾自喜了！如果你把你现在看到的这一切到学校里做任何的渲染，我敢保证，所有人都会说那个站在小诊所门口发呆的是田丁丁，不是我林枳……”

她还没有说完，我已经冲上前，伸出手给了这个笑着的女人狠狠的一记耳光。

然后，我转过身，对着我能感觉到的第一个方向，用全身的力气狂奔而去。

我的手机响起来的时候，那场预报中的雨已经淅淅沥沥地下起来。

这一定是今年冬天最冷的一场雨。

我就在这场雨里，听见我的妈妈罗梅梅用比雨更冷的声音对我说:“你不是说哪里都不会去吗？田丁丁，请你听好，从今以后，我没有你这个女儿，你永远也不要回来！”

你，永远，不要回来。

你，不是我的朋友。

你，不是好女孩。

你，是全世界最不受欢迎的笨蛋，天地广阔，而你已经无处可去。

这世上属于你的本就不多，现在，它们更是彻底地消失不见了。你在这张狂的雨里无所遁形，你只能流着掺着雨水的泪水，向着未知的方向绝望地奔去，奔向那无期之途。

PART 02

林枳

我们是不是会各自有许多秘密。

留给童年的秘密。留给夏天的秘密。留给操场的秘密。

留给时光罅隙的秘密。

留给模糊爱人的秘密。

我有许多秘密。有一些是能说的。有一些却不能说。

我有许多秘密。有一些你不知道。有一些上帝知道。

我有许多秘密。有一些时光带走。有一些由你销毁。

但愿剩下的那些以及未来的那些。我自己保留。

——选自林枳的博客“爱了不想散”

1

高一结束的那年暑假，我，美女林枳，变成了一个有秘密的女生。

美女林枳，这是一个多么俗的称呼。可是要知道，有很多人这样叫我。这其中，包括一个叫于根海的人。他偶尔会把车停在我们学校门口，头歪到车窗边，抽风一般地对我说："美女林枳，上车啦！"每当这时，我就会呼一下拉开车门，把头昂起来，飞快地坐进去，再哐一下关上车门。

于根海说："你就不能轻点？"

不能！再说，我为什么要轻点？坏了最好，就算弄不坏车，让于根海的心情坏了，也算是我的小小胜利。

于根海开的车是 MINI COOPER。

众所周知的"二奶车"，价值不足四十万元，正好符合那些暴发户对一段青春的定价。可是于根海不是"二奶"，于根海是长胡子的大老爷们，所以，他这就是低俗到家，就是有钱不会花，找着法儿让别人瞧不起他。

更遗憾的是，这个超俗的人，他不是别人，他是我的继父。

我的继父于根海脑子短路的时候就会开着他的那辆车来接我。至于坐在那辆车里的感觉，说不上好，也说不上坏。偶尔于根海会打开车窗吐出一口痰，而这时我多半会像一个富家大小姐那样蹙着眉毛，那表情仿佛在说：不要怪我的司机，他只是有气管炎。

唉，可惜的是，有气管炎的司机来接我的次数实在有限，该上班的时候总是不来上班。

比如今天，放假了，我拖着我的A版LV行李箱，觉得很重，校门口停了很多辆车，却唯独不见他的踪影。

“林枳！”我的同桌田丁丁从后面飞奔而来，喘着气问我说，“要不要我送你，我妈要晚些才能来接我。”

“不用啦。”我说，“都不顺路。”

她咯咯笑着说：“暑假会不会想我咧？”

真肉麻。

不过我还是更肉麻地捏了捏她的小胖脸说：“当然。”

“天不算热的时候我们约了逛街啊。”她说，“要不就去一趟上海，我妈说我这么大了，可以自己出去旅行啦。”

“好。”我说。

她伸手替我拦下一辆出租，把箱子替我放进后备厢，有些不舍地看着我上了车。车子发动的时候，我跟司机说：“去莲花广场。”

说来可耻，我身上的钱此时只够打的到莲花广场而已。但是我仍然决定去那里，去看一条我热衷已久的裙子，那条 Scofield 的斜纹裙。米黄色提花纯棉面料，款式简单大方，低调而有品质，简直就是我的风格。

其实那条裙子我早已看上，但是我没有试。我不用试就知道它肯定适合我，而且它标价1688元，我根本买不起，又何必试？

这就是我和一般女孩最大的不同。别的女孩会满足于对自己无法拥有的东西短暂地尝试和过瘾，但我不会。

我，选择全部或者零。

所以一连三个礼拜，每个周五的下午，不管学业有多忙，我都会去看那条裙子，一直看到期末考的那一天。虽然我知道 Scofield 顶多也就打个八折，远远超出我的购买力，可是，如果你想得到一件东西，就必须坚持着渴望它，不然你就会永远地失去希望。

因为我的穿着和气质都还挺能唬人，所以，虽然在店里东转西转什么也不买，店员对我也还算谦恭有礼。我东看看西看看，表情冷淡，仿佛对一切嗤之以鼻。其实我的心思还是在那条宝贝裙子上火烧火燎地酝酿着。我在想，兴许回到家里，我可以拿着我考了第一名的成绩单对于根海说：“能不能奖励我……”

这种想法在心里只冒出来一小半，就被我自己毅然决然地否定了，就像我从来都没有真心实意喊过于根海一声“爸”一样，在他心里，我也从来都不是他的女儿。

我有什么权利提要求呢?

所以，如果那天不是他出现，我多半是会拉着我的A货LV，满心失望却也“趾高气昂”地步行回家的。

可是那一天，他出现了，事情就忽然开始变得不一样。他走进来，用跟我一样坚定的眼神看着那件挂在墙上的斜纹裙。不同的是，他指着那条裙子，对店员说:“帮我取下来。”

我瞟了他一眼，不错，还算帅，看上去也算有钱。看来是给女朋友买衣服吧，世界上有钱的傻瓜总不要太多哦。我在心里轻轻笑了一声，乖巧地闪到一边。

店员正要给他从衣架上取裙子，他却说:“这件我不要，给我拿件新的。”

那间Scofield的店有一个小小的储货间，一般如果有这种比较挑剔的客户要求拿全新的衣服，店员就去里面翻找，这个过程需要一些时间。

店员进去的时候我继续在衣物架间流连，刚才进来的那男人，却突然靠近我，在我耳边低声喝了一句:“快走!”

然后，他拉了我一把。

一直到今天我都觉得，当时我的反应只能用“鬼使神差”这四个字来形容。

我，居然听了一个来路不明神色可疑的陌生男人的一句话，就撒丫子跟着他跑出了专卖店!

在跑的过程中，那个男人一直拉着我的手。看得出，他非常熟悉这里的地形，选的路都不是阳关大道，而是说不清怎么拐来拐去的曲折的小径，而且他跑的时候连想都不用想，没有任何犹豫地穿过一个一个路口，熟悉的程度简直好像在他家后花园散步。

当我们跑到一个弯角，也就是七年以前我家老房旁边一个豆腐店的遗址时，我停下来，甩脱他的手，冷冷对他说："不用再跑了。"

他笑嘻嘻看着我，脸不红气不喘："怎么，你跑累了吗？"

我骄傲地摇摇头。我可不是那种弱不禁风的娇小姐。

"你是谁？拉我出来有何贵干？"我问他。

他愣了一下，忽然扬声大笑。他笑得那么惬意那么放肆，简直好像遇到了世界上最好笑的事。

"小丫头，还真是发财就忘了朋友的那种。我小时候帮你打的那些架，原来都是白打的啊？"

什么？我迷惑地看着他，而他继续说："早就盯上你了，连续三个礼拜去同一家店看同一件衣服，寒碜不寒碜呢？你什么时候变得这么没出息了？"

我瞪大眼睛，他好像对我很熟悉。难道是一个暗恋我的富商，用这种惊人的方式对我表白？我在记忆里拼命搜集他的样子，却始终是一片空白。

他看见我的窘态，笑得更欢了。

"忘了就算了。"他笑完后说，"反正我也没指着你回报我什么。喏，这个给你，以后长点出息，就算对得住我了。"

然后，他在自己宽大的衬衫下一阵捣鼓，天哪，我看见那条米黄色的斜纹裙，就那么活生生地出现在我眼前！

“你偷……”我失声喊道。

“嘘嘘嘘！小声点！”他大大咧咧地把裙子往我手里一塞，“要就要，不要我就送别人，给你一秒钟思考！”

“要！”我只用了半秒。我为什么不要？反正偷出来的东西又不可能还回去，顶多以后我再也不去那间店就是。

“好。”他说，“就知道你抗拒不了。”

斜纹裙交到我手里，我看着他，他拍拍手像摆脱什么不想要的负担，然后就那么轻轻巧巧地一转身。

他转身的样子……

“周楚暮！”我终于失声喊了出来。

他停住。

我紧张地屏住气，他慢慢转过来的脸在夕阳的光里一点一点变得明亮起来，一点一点变得那么要命的熟悉。

是周楚暮呐！

当他完全转过身，当他靠近一步，贴近地打量着我，当他满不在乎地说出那一句“林林，你总算还记得我”的时候，我终于忍受不了胸腔里惊喜交加的猛烈膨胀，“呀”的一声尖叫了出来。

这个世界，只有他一个人叫我林林。

这个世界，原来真的有“重逢”这一奇迹呢。

周楚暮，说真的，他和小时候长得太不一样了。难怪我费尽力气才认出他来，也难为他居然能够认出我来。

那天晚上，我把周楚暮带回了我家里。于根海不在，是妈妈开的门。

她仍旧手里缠着佛珠，也不看我，开了门转身就往自己的房间奔。但我今天叫住她："妈，你看谁来了？"

周楚暮在门口闪了出来，她才稍微侧了侧身。

"阿姨！"周楚暮提着我的箱子，很热情地对她招招手，用老熟人一样的口吻对她寒暄，"您好呀！您还记得我不？"

我妈仍旧保持着那个侧身的姿势，看了我一眼，淡淡地说了句："同学吗？"

我上前一步，走到她面前低声说："妈，他是周伯的儿子。"

我以为她起码会说句"长这么高了，我都不认得了"，可她只是继续保持着侧身的姿势，把周楚暮上下扫视了一遍，就一声不吭地离开。她离开的姿势和她望着周楚暮的表情，都让人想到观音娘娘——仙风道骨，早就忘记尘世风云的态度，让人哭也不得笑也不得。

周楚暮把我的箱子放到地上，耸了耸肩，想表示他无所谓，但我知道，他还是有所谓的。我妈居然对他如此不在乎！

难道她真的不记得过去了吗？我一直以为她念佛是为逃避现实，没想到她如今已经高妙到连过去也一并逃避了。

我走到我房间的门口，招招手示意周楚暮跟来，周楚暮拉着我的箱子跟着我走了进来，他顺手把门带上，拧开了灯，然后一屁股坐在我的箱子上，熟门熟路到了极点。

我踢了他一脚："你会坐坏箱子。"

"那我坐你身边？"他坏笑着，看着坐在床边的我。

我没理他。他已经开始四下张望起来，在他的张望里，我才发现我房间的苍白单调。墙壁上除了一个巨大的居里夫人素描画像，什么也没有。这还是初二那年，某个自称画家的男生送给我的生日礼物。

我本来不想要，念在画的内容还算正点，我就收了下来。这是我唯一收下的男生的礼物，也是唯一称得上有品的礼物。

只是他附上的那封信实在太可笑。

“你就是我心中的玛丽•居里。”他这样写道。就因为这句话，整整一个星期我都觉得他看我的眼神像在看一个伟人，我差点没因此笑出病来。此刻周楚暮正带着研究性的目光看着那幅画，他越看，我越觉得这幅画其实很丢人。

“周伯……还好吗？”我开始转移他的注意力。

他回过神，眨了眨眼，说：“死了。”

“死了？”我掩着嘴惊叫，“为什么？”

“他脾气太大，动不动就要抽人，中风了，就死了。”他仍然面无表情，好像在说一个连续剧中的人物的命运。

“你爸是好人。”我提醒他。

“那是。他对你那是没的说。小时候我老怀疑，咱俩是不是在医院里换错了？”周楚暮又坏笑着看我。

我仔细打量他的眼睛，果然是没有一丝的疼意，也许从那一刻开始我就该明白不应对这样一个冷血的男生陷入情网，可是，我说过了，这是命中注定。

我命中注定重新遇见周楚暮，也就命中注定了万劫不复。

“你傻了，居里夫人？”周楚暮伸出手来在我眼前晃了一晃。

我吃了一惊，他居然认得居里夫人！

“这些年，你都在哪里？”

“他死了我就是一个人。”周楚暮说，“你明白什么叫一个人吗？”

我点点头，我当然明白，就算他们没死，其实我也同样感觉是一个人。一个人上学，一个人吃饭，一个人走路，一个人怀旧，一个人唱歌，一个人苦读，一个人伤心。

“你没有女朋友吗？”我问他。

“你想我有吗？”他反问我。

他看着我的眼睛，让我不敢与他对视，于是我低下了头。这对骄傲的林枳来说，真是不可思议的事情。

“对了，换上那条裙子给我看看。我为了你，可是连命都豁出去了。”说完，他把那条裙子往我肩膀上一拍，下了命令。

我乖乖拿着裙子，走到卫生间去换好，再推门进去。屋里一片漆黑，只有窗前的一小片月光，美得正正好。我狐疑地伸手去摸墙上的开关，忽然我的额头像被一个软软的小垫子碰了一下，灯在我摸上开关前一秒打开。

周楚暮就站在我面前，高大的身影在我面前制造出一片阴影。

我想，刚才，他吻了我。

就在我惊讶无比的时候，他退后一步，用挑剔而冷漠的眼神将我上下打量一遍，忽然满脸爆发笑容：“美呆了。”

在他满眼的欣赏里，我就是再能装，也笑出了声。

但当我回头想要关上门时，却忽然看到于根海，不知道什么时候，他已经回来了。他抱着臂，靠在门上，污浊的眼珠看着我和周楚暮，像在看两只偷情的猫。

他用食指勾着 MINI COOPER 狗牌般的车钥匙，仿佛在向周楚暮宣战。

我想跟他解释什么，又觉得没有必要。

我为什么要对他解释呢？

他算什么？

可是就在我的头脑中挣扎出答案之前，他已经推开我走进了屋子，指着周楚暮问："你是谁，到我家来干什么？"

周楚暮微笑，朝他弯腰，用礼貌无比的声音答："叔叔，我是周天义的儿子，你不记得我了吗？"

于根海一直想一直想，但是肯定没想得起来周天义是谁。

"我爸曾是你的情敌。哈哈哈。"周楚暮一面说，一面笑着往大门外退去，"不过，他死了，您老却活得这么精神，当年您赢了，靠的看来不只是钱哦。"

"你这个小流氓！"于根海上前一步，"不要让我再看到你！"

周楚暮在门口对我喊："再见，林林！"

说完，他扬长而去！

"有两把刷子！"大门关上之后，于根海走到愣在原地的我面前，竖起他肥厚的大拇指，对我由衷地赞叹了一声。

我不知他究竟是赞叹我什么：能勾引男人了？乐于助人？还是别的？

我还未来得及思考这个问题，厨房里就传来我妈十年如一日没有声调没有节奏没有韵律没有感情的声音：

“吃饭了。”

难道，她真的有特异功能，把过去统统从脑子里洗掉了？

2

橘生淮南则为橘，橘生淮北则为枳。但我从来都没有猜透过，我为什么会叫林枳。估计不会有人愿意把这样一个意思为永远也长不大的又苦又涩的青橘的名字扣在自己的女儿身上。我的父亲死得早，我的母亲对我名字的来源绝口不提，所以，我至今也不知道，为什么他们会给我起这样一个名字。

唯一不叫我林枳的人，就是周楚暮。

他叫我林林。

七岁前，我的人生处处和周楚暮有关。

那时候的他，并不是现在这个样子。

他曾经是整条街上最苦命也最强悍的小孩。他的妈妈死于产褥热——这种二十世纪几乎绝迹的病症。一岁以前的周楚暮几乎是喝风为生，他那因为丧妻而垂头丧气的老爹经常一个人去外面喝酒到深更半夜，只在想得起来的时候冲一瓶奶把奶瓶嘴塞到他的嘴里——所以周楚暮没有记忆的时候就开始从老天手里抢生存，所以长大以后只要一点点水米就能活得如此茁壮。

当然，这些我都是听我妈说的。而且，我不是特别相信周伯曾经是一个为孩子他妈一蹶不振的痴情汉。原因很简单，我爸卧病的最后一年，周伯几乎包掉了我家的所有重活，甚至帮我妈烧饭洗衣服，讲故事哄我睡觉——傻子都看得出来，他这么做不是为了什么高尚的邻里之情，而是因为，他对我妈有意思。

很长一段时间，我以为我妈对周伯也有意思。我妈妈曾经是一个很精明的女人，懂得审时度势权衡利弊，她心安理得地享受着这个男人的照顾，给他一些不用负责任的暗示。不过，那时的我，并不排斥将来周伯成为我后爸的可能性。在工厂里当车工的周伯其实是个很心灵手巧的人，会用子弹壳做成小飞机讨我欢心，会用粗壮的胳膊把我举过头顶再狠狠地来个倒栽葱，在我脑袋快着地时又呼的一把把我拉起来，我就喊着“飞啊”，快活地尖叫。

因此，周楚暮来抢我的小飞机的时候，我就狠狠地把他的胳膊抓出了一道血印。

“是我爸爸做的！就该归我！”他一把把我推到地上，恶狠狠地说。

“是我的！”我声嘶力竭地大喊一声，爬起来，冲上前去，在他的背上狠狠咬了一口。

周楚暮发出“啊”的一声惨叫。

然后，我被我妈罚跪了一夜，那一夜我隔着墙听见周楚暮在梦里呼痛，听见周伯粗暴地教训：“哭什么哭！被人咬，又不是被狗咬！”

那个伤口过了很长时间才愈合。然后，周楚暮就成了我的哥哥。

很久以后他告诉我，其实从那时候起，他对我就有了那么一点点意思。因为一个小女孩在被抢东西被打以后没有哭而是奋起还击，这一点让他觉得我巨有个性。

那时候，我们毕竟还是孩子，不懂得成人世界里的爱是何物。只有一次，周楚暮和我一起看一本小人书，上面画着一场王子与公主的婚礼，周楚暮忽然灵感大发，找到一支铅笔，在那个拖着长长婚纱的公主旁边写上：林林。

“这是你，”他挠挠头，又在王子旁边写下自己的名字，“这是我。”

“为什么？”我傻傻地问。

“我想和你结婚啊。”

“可是，你如果是我哥的话怎么办？”我担心地说，“哥哥和妹妹是不能结婚的。”

他想了想：“没有关系的，我们可以跑到一个没有人知道我们是哥哥和妹妹的地方去。”

那一天，周楚暮把那本书上写了我们名字的一页撕下来，交给我：“这是我们的结婚证，喏，收好。”

“可是，我不叫林林，我叫林枳。”

“我知道你是林林就行了。”

“可你如果是我哥……”我仍然傻乎乎地强调，心中一下子充满了忧虑。

“你还真是死心眼啊！”周楚暮不耐烦地说。

事实证明，我还真的是多虑了。

我们到底也没能做成兄妹。就在所有人都以为我妈妈会嫁给周伯，两个人永结连理共度余生的时候，她却闪电般地嫁给了有祖传几套大屋的于根海，从此过上了搓麻将度日的包租婆生活。回忆我妈刚嫁给于根海的那些日子，平心而论，我们过得不错。于根海别的没有，只在街上有几套祖上传下来的大房子，靠收租过活，日子倒也过得逍遥。那时候于根海很爱我妈妈。至少，我觉得那是爱。他会在打牌赢了钱以后上街给她买一条丝巾一只口红，或者是带我们去某餐厅大吃一顿。当周围的女人流行文眉的时候，他带她去美容院做了最贵的。对于没什么浪漫神经的于根海而言，肯为你花钱，就是对你好，这是个真理，颠扑不破。

而且，我十岁生日那年，他还在最好的饭店替我订了十桌。我记得那天，是我第一次当着很多人的面喊他“爸爸”，他好像很高兴，喝了很多。第二天，他给我买回来一架钢琴，还给我请了钢琴老师，他跟我说过的最动听的话就是:“美女，咱家这辈子就指望你光宗耀祖了！”

我并没有让他失望，事实上，从小学到初中，再到高中，我的成绩从来都没有从前三名上落下来过。很多人都觉得是我聪明，但是他们看不到我在聪明后面所付出的辛苦和汗水。而我这么做只有一个原因，那就是从小我就懂得，美好的日子是掌握在自己手中的。

事实就是这样，于根海给我们的好日子没有过多久，拆迁的时刻就到了，于根海凭着那几套房子得到一笔还不算少的钱。我们搬到了政府为拆迁户新建的居民小区，从此过上了有抽水马桶的生活。接下来，于根海不知道听了谁的话，把钱投进了刚刚发达的股市，甚至托人弄到了一只原始股的购买资格。

短短半年，那只股票涨了十二倍。

于是乎，我的生活范围从破旧不堪的老城区，到了平价的新区，又到了高档的别墅区，一跳三级。

于根海就不再是那个于根海了。

我知道，他开始后悔娶了我妈。按他的条件，娶个二十岁左右的黄花闺女只是小菜一碟，却偏偏头脑发热娶了我妈，还带着我这么一个拖油瓶，他能不郁闷吗?

好在我已经慢慢长大。就算于根海真的跟我妈离了，我也懂得保护自己，冷静地跟他要赡养费、学费，甚至我妈的青春损失费。

失败的，未必是我们母女。

所以，我其实跟很多的天中的优等生不一样。我自认我高过他们，懂得什么是真正的生活，懂得低头，懂得屈服，同样也懂得享受。

闲得无事的时候，我喜欢在莲花广场逛。莲花广场是这座城市最繁华的地区，也是唯一繁华的地区，几乎所有的商场和专卖店都开在那里。那是真正四季如春的地方，夏天所有的大门都往外呼呼地喷着冷气，冬天则将寒冷完全地拒之门外。无论什么时间，在那些商场的大厅里始终有一种芳香，那是昂贵的化妆品和香水混合而成的芳香，是衣香鬓影的淑女们身上的芳香，一句话，是金钱的芳香。我记得这里第一家 LV 开业的时候，愣是有四百个人清晨排队，在开门后的两个小时内把所有商品一抢而空。我去上学的时候路过了那支队伍，从店门口一直排到街角，中间拐了好几个弯，真是蔚为壮观。

我喜欢这里，是因为这里充盈着太多的物质，这些物质的气味让我有一种奇特的安宁。我知道，这里面的大部分东西是现在的我无法拥有的，可是，我知道我总有一天会拥有它们。我只是需要奔跑，并且，在奔跑中等待。

等待的感觉，有一点仇恨，又有一点忧伤，但绝对不是坏的感觉。

除此之外，还有一个重要的原因。

那里是各种时尚杂志的集散地，杂志经常和一些品牌联手搞活动，买杂志可以得到一些大品牌的试用装。我就曾经领到过欧莱雅的面霜、迪奥的睫毛膏、蜜丝佛陀的湿粉，虽然都是小瓶小罐，但拿到学校用用，还是很能唬唬那些土包子。

再说，你以为领试用装是一件容易的事吗？这不但需要超多超全的流行资讯，还需要超强的心理素质，因为世界上喜欢占小便宜的女人很多，而这样的女人一般是被人鄙视的。

比如两个月以前，我拿着《VOGUE》杂志的一张印花去迪奥的柜台领香水的时候，就能明显地感受到那个营业员掩饰不住的蔑视眼神。

她把那张没什么看头的小纸片颠来倒去研究了半天，才不情不愿地从柜台里摸出一只小瓶子递给我。

“我想要那款绿毒。”我要求。

她眼睛也不抬地说："没货了。"

"你确定？"我问她，有点不客气。

她这才抬起眼睛来，微笑然而挑衅地看着我："我确定。"

我在心里骂："你不就是个营业员吗？牛什么牛！一小管香水，又不是你的血！"

但我还是微笑着接过了那只精美的小瓶子，然后又绕着柜台审视了一番其他的商品，走的时候，优雅地向她颔首致意。

不就是假吗，看谁比谁假得厉害！

而且我相信，那天晚上收工的时候，她一定会哭。

因为我趁她不注意，把迪奥放在柜台上的赠品小皮包，用我的随身小刀轻轻地划了一道口子。

没错，我就是这样一个女生，如果这个世界欺负我，我必然微笑着还以颜色。

我并不怕任何人，但是周楚暮替我偷出那条裙子后，我还是有很长时间不敢去那里。于是暑假开始变得漫长。家里的电脑是三年前的旧货了，速度奇慢。上网查个资料，网页半天都打不开。有一天吃饭的时候，难得于根海也在，我央求我妈替我买台新电脑。我妈看了于根海一眼，盯着自己的碗说："听说天中的学生都可以有一台新电脑，你为什么要买？"

"那电脑是放学校机房的。"我说，"我要买的是我自己的。"

她几乎与世隔绝，我只能这样和她对话。

于根海大笑起来。笑完后，他继续扒饭，根本不表态。

"我要新电脑。"我固执地说，"今天下午就要买。开学前我要查很多的资料，我不能输给别人。”

“滚！”于根海把筷子一扔说，“你怎么不说现在就出门买？”

“也行啊。”我说，“我不反对。”

“你是要上网泡男人，别以为我不知道。”于根海说，“对不起，这个投资我不付，不然有朝一日你出了啥事，你妈全赖我头上。”

“你放屁！”我冲于根海大吼。

“男人都带到家里来了，还说我放屁？”于根海声音比我还大，“有什么样的妈，就有什么样的女儿！”

我的妈妈依然看着她的那只碗，慢条斯理地吃着饭。仿佛我俩的争执，根本与她没有任何关系。

瞧，这就是我的家。

如果有一天，我考上了清华或者北大，我会毫不留恋地离开这个家，对着他们吐一口口水，然后说：“Goodbye，祝你们早死早投胎！”

我把这一切告诉周楚暮的时候，我以为他会嘲笑我，或者骂我恶毒。但他没有，他出乎我意料地伸出一根手指，爱怜地摸了摸我的额头，然后说：“林林，要是你愿意，以后哥哥疼你。”

我差一点就哭出来。

他轻轻扶住我的肩，问我：“真的想要一台新电脑？”

“也不是太想。”我说，“只是他们越不给我买，我越想要。”

“来。”他贴近我的耳朵，对我说，“我们来商量一个好办法。”

一周之后，我真的拥有了我的新电脑。

其实，周楚暮的办法相当地简单。他找了一个看上去土头土脑的女生，故意去撞于根海的车子，也就是俗称的“碰瓷”。别看那女生长得不咋的，演技可是一流。明明只是轻轻碰了一下，她愣是趴在地上半天没起来。等她好不容易站起来后，她一只手扶着一条腿，另一只手揪住于根海就要他赔钱。

于根海一大老爷们，当然不能和一个小姑娘计较，于是问她要赔多少。那女的眼睛一翻，报出个天文数字：五千。不给也行，去交警队处理。每周五那个时候，是于根海赶牌局的时间，钱不要紧，误了打牌那就是要紧之要紧。只是那女的揪住他不放，说什么也要讨个说法。就在这要紧时分，我挺身而出，一把把那女的拉到一边，厉声吼道：“我见你自己撞上去的！我可以做证人！”

“不是，是他撞我的！”那女的喊得声嘶力竭。

我一挥手就给了那女的一耳光：“别以为我不知道你，交警队来了更好，你这个‘碰瓷’专家，小心你被抓进去，关个十年八年回不了家！”

那女的偃旗息鼓，我冲着于根海挥挥手，示意他快走。

于根海梦游一般地开着车走了。

那夜于根海打了一夜牌，天亮的时候他回到了家。我已经坐在阳台上读英语，声音大而甜美。于根海走到阳台那扇大玻璃门前，看了我几秒钟，然后说：“看不出你这么野，还敢当街打人。”

我把书收起来，不理他，往我房间走。

他拦住我说：“给你五千块，买电脑够吗？”

“不够。”我说。

“好吧。”他说，“你要多少？”

“下午陪我去，看中什么就是什么，你刷卡。”

于根海低声咒骂了一句，然后说：“好吧。”

我的心里像有个小人跳起了舞，原来，周楚暮说得一点儿也没错，跟自己的敌人硬碰是没有意思的，就要斗智斗勇，让他输得精光了还不知不觉。

“天中教不了你这些。”周楚暮说，“你跟着我好好学，才能立于不败之地。”

“不。”我说，“我跟你不一样，你知道吗，我在我们班是考第一的。我还要做天中的精英，一样都不能少。”

周楚暮吃惊地看着我，然后说：“林林，你将来成了大器，可别忘了哥哥我。”

我在周楚暮的眼睛里看到一些我不敢面对的东西。我想起那天晚上在我的房间，很好的月光，他醉人的微笑，我美丽的裙子以及那个若有若无的吻，脸忽然就烫了。

也许，人和人之间是有情感的债务关系存在的。

也许，我在替我妈还她欠周伯的债。

这样想虽然很无厘头，但至少会让我觉得，有很多问题是命中注定的，来了就来了，逃也逃不掉。接受它，并去解决它，才是唯一的办法。

那一个漫长的夏天的夜晚，我很想问自己却很怕问自己，我期盼已久的爱情，在我的高二生活即将开始的时候，是不是真的悄然来临了？

3

但不管怎么说，我首要的任务是迎接我的新学期。

开学的第一天，当我穿着那条 Scofield 的裙子低调地出现在教室门口的时候，还是艳压群芳了。几乎能听见班上那群没见过世面的女生压抑着的惊呼，还有箭一般向我射来的嫉妒的目光。

比我有钱的没我漂亮，比我漂亮的没我聪明，所以，我完全能宽容并且体谅她们对我的嫉妒之心。

一切都没有变，学校还是那个学校，教室还是那个教室，我的同桌还是田丁丁。变的是我的心，它已经不受我的控制，老是飞到别的地方去。

“林枳坏。”田丁丁嘟着嘴对我说，“一个暑假都不理我。”

“手机停机了，电脑坏了。”我说，“不知道怎么找你才好。”

“没事啦。”她咧开嘴笑，“谁都知道你是大忙人。可是我真的很想你哦，我从上海带好吃的回来给你，喏！”

她掏啊掏，掏啊掏，从口袋里掏出一块巧克力，已经快化了，看上去皱巴巴的。

“进口巧克力。”她像一个销售小姐，“味道好得不得了哦。”

我勉为其难地接了过来。

“尝尝嘛。”她说，“告诉我你喜欢不喜欢？”

瞧，这就是我的同桌田丁丁。这个对我一直好得不得了的女生，总是执着地付出也不管我到底是喜欢不喜欢。有时候我也想不明白为什么会和她成为朋友，她真的和我不是一个世界的人，不仅没脑子，而且很土，平凡之极。自从我跟她成为同桌之后，她动辄就向我借我的服装杂志，然后按照巴黎本季最新的流行风尚把自己武装起来。只是很可惜，她买的那些东西，都是地摊上的便宜货，金光灿灿恶俗无比，而她一向良好的自我感觉，又给了她坚持下去的非凡勇气。

今年流行公主风，这个傻女居然就去女人街买了一条粗制纱布的蛋糕裙，配着一双银色的运动鞋，整个人看上去就像一个假扮公主的小丑，只要再在腮边涂上两抹红，立马可以去马戏团登台表演！不过说真的，要不是她，我的高中生活就太单调无趣了。

我看不下去，指导她去一间小店买了一件浅粉色短袖 T 恤，一条款式简单但裁减不错可以掩盖她大象腿的牛仔裤，终于让她看上去像点人样。

她从此对我感恩戴德。

其实让人感激是一件非常容易的事，只要知道她最想要什么。

相比之下，挑对那个感激你的人，才是一个真正的难题。

所以，不管田丁丁是一个多么巨大的土包子，我都要有点得意地承认，当初我挑选她当我的朋友是挑对了人。

她那直线条的神经，完全不懂得掩饰她对我的崇拜，而且，这种崇拜被她演绎得不含一丝杂质。为此，她跟班上一个对我极其看不顺眼又无可奈何的普通女生庄悄悄几乎天天要闹矛盾。

比如课间，她每次自己倒水，都会替我也抢上一杯。庄悄悄恨得咬牙切齿，恨不得用自己粗粗的身子和田丁丁拼命。最恐怖的是，田丁丁居然能敏锐地发现我来例假的周期，这样，那几天我那并不保温的水杯里，必然是无时无刻不装着热水，尽管我从来都没有告诉她我有过痛经。

我无从知晓她的来历，也并不好奇，可以肯定的却是，她一定在一个比我宽容得多温暖得多的环境中长大，所以才可以如此顽固地没心没肺。或许，她的爸爸是幼儿园园长，妈妈是幼儿园老师。我习惯思考过度的大脑又开始畅游。但很快我知道，她其实完全不是我想象中的那么幸福。

我们年少的幸福，其实都是那么来之不易。

当然，爱上一个人的感觉除外。

我想，我一定是爱上周楚暮了。不然，为何一想到他，我就那么愉快和激动呢？

我甚至为他逃课了。换在以前，逃课这件事在美女高才生林枳的身上，简直是不可想象的。

在这之前，我们每天发很多的短信。短信内容稀松平常，但在我看来却早已暗藏波澜，他喜欢我，这是一定的。

周楚暮是一个骄傲的人。虽然他的骄傲被他自己用玩世不恭的外表所掩盖，但我了解他。天中的制度是很严格的，我们平时要出门，一定要有老师的批条。而周楚暮绝不会在校门外傻等一个女孩几个小时，只为了能有十分钟见上一面。

所以他从一开始就对我说："我很忙，所以如果你想我，请来找我。"

"如果我不去呢？"我问他。

他嬉笑："无所谓啊，随你便啊。"

几乎是毫无抵抗，我没尊严地让了步：“你，会在哪里？”

他在电话那边哈哈哈哈地笑。

我第一次去“算了”，是在晚饭之后。我按捺不住内心的冲动，跑出了校门，一路小跑到了酒吧街。

看到那远近闻名的“算了”的大门，我直接冲进去：“我找周楚暮。”

“周楚暮，你妹妹找你！”不知道是谁冲着一个包间里喊了一句。

过了两分钟，周楚暮叼着根烟出来，那样子很颓废也很酷。

他，果然，真的，在这里。

“哪一个妹妹？”他大声嚷嚷，可声音显得有气没力。

看见我，他居然小小地吃了一惊。

“林林，真的过来了啊。”他终于笑着看我，“怎么事先也不说一声？”

我看着他，说不出话。那张想念已久的脸忽然重新出现在我面前，竟然有一种说不出的陌生的滋味，让我百感交集。

我一定是太想他了，所以才会有不认识他的幻觉吧。

“你在想什么？”他拉我一把。

“你跟他们说起过我？”我问他，因为我很奇怪，为什么别人会知道我是他妹妹。

可他摇摇头，然后一把把我拉进舞池：“来，放松放松。”

后来我才知道，凡是有女的来找周楚暮，他都会说：“那是我妹妹。”

这真是一种老掉牙的欲盖弥彰。从那时候，不，从一开始我就知道，周楚暮是个小混混，他跟其他的小混混其实并没有什么不同。

也许，他长得要帅一点。

可是这又有什么关系呢，只要他是周楚暮。

那一天，周楚暮拉着还穿着天中校服的我滑进舞池，DJ 播放的音乐逐渐变得狂放，他双手紧紧搂着我的腰，在我耳边大声喊："你来得真巧，今天是'算了'的狂欢夜。"

我不说话，因为我在紧张地想"狂欢夜"会是什么意思，难道是舞会结束之后，还会有另一种的狂欢？我和他走到这一步，是不是太快了一点？这个突如其来的想法烧得我耳朵滚烫，我下意识地想要挣开周楚暮的手，可他搂着我不放，搂得紧紧的。

"你知不知道，我想这样已经想了很久。"他无耻地在我耳边说。

可是为什么我对这种无耻，是如此地缺乏免疫力？

音乐声越来越吵闹，灯光开始更快地变幻，不知从哪里喷出来一阵一阵的干冰，在忽然变得模糊的世界里，每个人的脸上都带着疯狂的表情。

"跳啊，妹妹！"周楚暮忽然松开我的腰，着魔似的喊，"在这里，没有人认识你，没有人在乎你！"

伴着他的喊声，忽然又起了一阵强烈的鼓点，我的心里忽然有什么东西轰地一震，然后，哗啦啦地倒塌。

是的，我还装什么？

在这个没有人认识我，也没有人在乎我的地方！

我开始不由自主地随着音乐狂热地跳动着，不顾自己大汗淋漓。

直到我别在腰带上藏在校服底下的手机，开始猛烈地振动。

我条件反射似的从舞池里跳出去。因为我和田丁丁说好，如果今天老班去查人数，一定要帮我说个谎。

果然，当我在一个相对安静的角落察看短信息，田丁丁的名字就随着那一只一只的小翅膀跳出来。

“你什么时候回？”

“老班来了，怎么办？”

最后一条是：“我对他说今天傍晚你妈来接你回家了，具体为什么我不知道。”

我在心里咕咕笑，她这辈子还没见过我妈呢，没想到这个小妮子平时看起来老实巴交，说起谎来，还着实有一套。

当然，这和我平时勤学好问谦恭有礼成绩优异，在老班心里建立起了良好的形象，也有莫大的关系。

我发短信回她：“谢谢你丁丁，我爱死你了。晚自习后我会回宿舍。”

她很快回了一条：“那就好。注意安全。”

我看着那条短信，不知怎的愣了半秒，才把手机重新装回口袋里。

然后，我就站在舞池旁边等周楚暮。

一曲终了，他才出现，诧异地看着我：“怎么，玩得不痛快？”

“很痛快。”我对他笑着说，“不过，我必须回学校了，太晚了会进不了宿舍。”

我听见他低声咒骂一句，但我装作没听见。

“你不送送我？”我问他。

他犹豫了一下，我知道他大概是在考虑值不值得为了我错过下面精彩的节目。

可是最后，他还是把烟头用脚踩灭，恶狠狠地说了句：“走。”

我们走出酒吧街，外面的风很热，周楚暮一边走一边撩起衣角扇风，那模样不是一般的粗俗，也不是一般的让我感到安全和放松。

“就到这里了。”可是我们并没走出去多远，他就忽然停下脚步说，“恕不远送。”

我也停下来，看着他：“你就不怕我自己回去遇到流氓？”

他嘿嘿笑，指出我的错误：“有比我还牛的流氓吗？”

这一句，莫名其妙地让我飞红了脸。为了掩饰我的小尴尬，我也不再和他争论，转身就走。

“连再见都没一句？”他在我身后喊。

我头也不回地答：“没有。”

然后我就一直往前走，我忽然间觉得很委屈，而这委屈并不是因为他不肯送我。现在想来，我委屈的是我以后的命运，那一个晚上我似乎已经预感到将来的日子里我为了周楚暮要牺牲掉的一切，金钱、身体、青春、尊严，在我和他即将展开的关系里我将不再是一个尊贵而干净的女孩，而是一个丧失了所有只求他一线温存的小乞丐，也许做乞丐就是我的命运吧，从于根海那里乞求金钱，从周楚暮这里乞求爱。

是的，即使在那时，我就预感到了这一切。

可是，我不想折返。

我喜欢急速坠落，那感觉就像我小时候所神往的飞翔。这种快感，若非和周楚暮恋爱，也许我一辈子都无法体会。

所以，当我听到周楚暮从身后追上来的声音时，已经没办法再挪动我的脚步。

他轻而易举就把我的身体掰转过来。

“你，以后想清楚再来，”他忽然说，“你不属于这里，你自己知道不？”

“那我属于哪里？”这一下我好奇地问。

“你属于……”他好像真的很费劲地在想，想到山穷水尽，他忽然自认为灵光一现地说，“你……属于科学家，居里夫人。”他为他的“博学多识”而感到得意，好像一点都没发觉自己说了一句多么狗屁不通的话。

我忍不住笑起来。这一笑我就收不住，哈哈哈哈好像精神失常般，连自己听着都有一丝诡异。看来我真的装得很成功。我把自己装成了千金之躯的大小姐，装成了心地纯洁的美少女，装成了循规蹈矩的优等生，就连周楚暮都认为他的“妹妹”将来会是一个无所不能的科学家。

“笑什么？”他好奇而着急地问，“居里夫人，你在笑什么？”

我忽然停止了笑，很认真地看着他说：“笑可笑之人。”

“谁是可笑之人？”他愠怒地说，“你在笑我？”

他的自卑感又一次作祟，这是我最不能忍受的，我简直要急得跳脚，打了他一下，说：“不跟你说了，我要走……”

“走”字还没有说完，他一把把我的手用力扯过来，狠狠地按进他怀里。

那一刻我才知道自己上了当。

我闭上眼睛，又睁开，又闭上，第一次这样被一个人抱着，而且是在大马路上。不知道为什么，想到可能被过往的行人看到，我甚至有些说不清道不明的兴奋感。

我从来没有怀疑自己天生就是要成为主角的，只是没想到连这样的方式都可以。

他用力揉了揉我的头发，说：“我早就想这样揉你的头发了，林林。”

要知道，他是第一个敢破坏我发型的人。我抬起脸，也想揉他的，却被他用另一个动作粗暴地打断了一切——他吻了我。

是的，这个平白无故或者说早有预谋我已经辨别不清的吻，这是我的初吻。

然而，它的发生却和我想象中的截然不同，它不是洁白轻柔带着微微的颤抖，而更像一场明目张胆的掠夺。周楚暮的嘴唇紧紧地压住我的，他的舌头熟练地伸到了我的嘴里，似乎在索取我的所有。我紧张到喘不过气，双手下意识地狠狠推他，他却更霸道地搂紧我，我似乎能听见自己全身的骨节在他力大无比的拥抱中咯咯作响，而我的身体，虽然带着一种羞耻的不情愿，却慢慢地变得灼热和柔软起来。

我想我永生永世都忘不了这个吻，它带给我的不是初吻应有的甜蜜和诗情画意，而是一种近乎窒息的痛苦。身处一个孤岛，周围的水慢慢地涌上来，而你无处逃亡无处呼救的痛苦。

就是这种痛苦，让人刻骨铭心。因为它无比真实，没有一点伪装。

我们所有人的生活，难道不就是这样一场无边无际的痛苦?

那天晚上，我终究是没有回宿舍。

我和周楚暮回到“算了”，在一间灯光昏暗的包厢里，旁若无人地拥抱和亲吻。我想起给田丁丁发短信已经是夜里十二点：太晚了，我直接回家了，勿挂。田丁丁还是迅速就回：嗯，这里一切平安。明早见。

我心里一热，想给她发一条“谢谢你”。

可是周楚暮忽然把一杯酒端到我面前来，又对我耳语：老婆我喂你。我把手机关了，转过身去迎接他。那间包厢里其实还有很多人，但没有人在意我们，他们大声地喝酒划拳，哗啦啦地掷着骰子，偶尔有一两声女人锐利的尖叫，或是男人粗鲁的骂娘，但这一切都不能打扰到我们，一切都不能。

当然，别的我们什么都没做。

我终究是有我的底线。

4

那天我回到家的时候，是凌晨四点。

我回到那里，只是因为我无处可去。

我没有带钥匙，不过这没关系。我知道备用的钥匙是放在小花园从左数第二株月季的花盆里。夏天的月季开得格外繁盛，在已经开始泛白的晨光中，在仲夏微凉的风里，它们没有节制地散发着沁人心脾的芬芳，让我突然间察觉，这个真实的世界原来是如此醉人。

我恋爱了，不是吗?

我林枳有人爱了，不是吗?

我很顺利地摸到钥匙开门之后，在玄关里肆无忌惮地把鞋甩开，大大咧咧走进了我的卧室。我不担心吵醒任何人，于根海不在这里过夜是常事，而那个人，就算她被吵醒，也不会多事到来问我一句:“你这是去了哪里?”

“老天保佑我睡到大天亮!”我一边往床上倒一边在心里默念。

但是天不遂人愿，我还是很快被木鱼笃笃笃笃的声音烦醒了。

我看看手机，六点，她倒是蛮准时。

我尝试赖在床上继续睡个回笼觉，最终还是受不了噪音起床，在洗漱间把自己收拾了一番，哗哗啦啦弄出尽可能大的水响。

然后，我踏着木拖鞋笃笃笃笃地走进了餐厅，打开冰箱门取出一袋牛奶一个面包，然后重重地碰上了冰箱门。

我承认，我搞出的这一切响动，是为了吸引她的注意。

可是，当我把一切收拾停当穿过她阴森冷清的佛堂走出门外的时候，她只是微微地抬起头，漠然看了我一眼。

如果你没有见过七年以前那个泼辣美貌的女人，一定不能相信，眼前这个形容枯槁面如死灰的怨妇，也曾经有过那么鲜活闪亮的年华。

我说过，于根海是个曾经的二流子、如今的暴发户。这样的人，怎么可能受得了家里有一个人老珠黄的中年妇女？不出去找女人，倒是不正常了。

所以我至今残酷地觉得，把自己的生活推落到如此地步，完全是她咎由自取，丝毫怨不得别人。

四年以前，当于根海堂而皇之把一个年轻女人带回家，把离婚协议摆到她面前的时候，她不知道听信了哪个狗头军师的煽动，居然决定生一个儿子来挽回丈夫的心。

那时的她早已经做了绝育手术，我当然弄不清她到底要了多少手段遭了多少罪才获得了重新生子的能力，只知道有一段时间，她真的得偿所愿。

听清楚，是“有一段时间”。

当她因为宫外孕被送进医院做手术的时候，我知道，无论她对未来有多少期待，都在麻醉针打下去的一刹那烟消云散。

从此，她充其量只是半个女人，而造化弄人的是，她最终还是达到了自己的目的。

于根海再也不提离婚的事。可我至今搞不明白，是这个女人拼尽全力的最后一搏让他心生不忍，还是他觉得已经没有这个必要？他开始把这栋别墅当成偶尔落脚的旅馆、接待牌友的地方，有一次当他带着一帮狐朋狗友来这里“参观”的时候，她正在厨房里挥汗如雨。有人问：“那个老妈子是谁？”于根海居然挤挤眼睛，使用了他这辈子所会不多的成语之一：“唉，糟糠之妻不下堂！”

那帮人发出一阵毫不掩饰的哄笑。

那一刻我清楚地看到了她如死灰般的脸，她的所有光芒都熄灭的眼睛。

从那以后她慢慢变成虔诚的信徒，也许她是真的看淡了这个世界。于根海既然不回来，她就由着性子一日一日把这空洞的大房子变成了她的佛堂，每一日都弥漫着香烛的味道，让我作呕。

是的，那个在金色佛像前面无表情地敲着木鱼，对世界上的一切都不闻不问的女人，已经不是我的母亲。她不认得周楚暮，连周伯都一并忘记，仿佛再生，多么神奇，也多么让人恐惧。

从那以后我对怀孕这件事有了一种根深蒂固的恐惧，我发誓我永远都不会要孩子，哪怕是为了我最爱的人都不要。而且，我也绝不做像她那样的女人。如果我爱的人已经不再爱我，哪怕心里滴血，我也会选择离开。

但我是不拒绝恋爱的，恋爱让我神采飞扬，让我感觉生之意义。我觉得每个女孩都应该恋爱，如果不能爱上某个人，哪怕只是悄悄地，那她简直就没能拥有青春期。就连田丁丁这样情商差不多等于零的女孩，也应该恋爱。

所以，当田丁丁扭扭捏捏地拉着我说要告诉我一个“秘密”的时候，我其实早已经猜到了她想说什么。

其实，这几个月来，她对林庚那个土包子老男人的迷恋，已经到了令我忍无可忍的地步。

我当然会假装不知道，好让她把这场在自己心里肯定已经精心排练过无数次的戏码演完。我的任务是做一个合格的听众，装出惊讶到极点的表情，要多夸张有多夸张地说：“丁丁，你疯了！”

“我是有点疯了。”她居然一口承认，“最近我做什么都没心思，好像我人都不在这里，昨天庄悄悄要我给她带大红色指甲油，我给她带成了粉色的，她都对我无语了。”

提到庄悄悄我忍不住要多说两句，其实在我心里她和田丁丁才是天生一对。她们俩一个疯一个傻，在班上制造了无数的笑料，堪称最有奉献精神的搞笑二人组。

提到搞笑这件事，我不得不再提一句，全班上下论起搞笑来，只有一个人可以跟田、庄两人抗衡，此人姓丁名力申，传说是市里某位高官的儿子。但容我说句不客气的话，他这个人的一言一行跟他的出身实在是不搭配得很，甚至形成了极为强烈的反差。他一点也不风流倜傥，抑或是个风云人物，除了时不时忽然发作的牛脾气之外，他经常给人一个出人意料。

早读课时，他的必读课文是英语课本第一课。他嗓门超大，常常吵得别人不能继续专心读书。于是，有一段时间，一些男生为了治他，故意跟他读一样的内容，而且一个比一个嗓门大，教导主任巡逻时，看到一个班的同学都在以吵架般恢宏的气势读书，气愤地喝令制止，还让带头的人去办公室说明情况。

就是这个丁力申拍了桌子，赶在班长前大义凛然地冲出门去，主动迎接主任的唾沫暴风雨。

肌肉发达，头脑简单，不是我喜欢的类型。

不过据说这个丁力申和田丁丁是青梅竹马，曾经好过一阵子，我以为他在追田丁丁。物以类聚，此话看来一点儿都不假。

因此，当田丁丁满怀期待地准备聆听我对她感情发表的高论的时候，我故意问了她一句："那丁力申怎么办？"

她闹了个大红脸，憋了半天憋出恨恨的一句："让他去死！"

我不知道丁力申怎么得罪了她，但据我观察，这段时间这男生确实有点不对头。他总是一下课就冲到田丁丁的课桌旁边，装模作样地问她地理题，而每到这个时候，田丁丁就紧张得一塌糊涂，讲半天讲不清楚之后就会拿书拍他："光知道问我！去去去，自己去做不行吗？"

傻子都知道，任何有关地理的问题都不应该问田丁丁，她好像在看图方面特别低能，至今看着等高线图都不知道那是高原还是盆地。

所以，每一次丁力申都只好把头转向我："林枳，这道题怎么做？"

为了照顾田丁丁的情绪，每一次我都尽量把题讲得困难一点儿。

谁让我们是朋友呢！

我的朋友田丁丁在为一个老男人忧伤，茶不思饭不想。她一天问三次：“林枳，我是不是应该减肥？像我现在这样，他永远不可能喜欢我。”

忽然，我对这个喜欢着一个男人的女孩，产生了一种善意的怜悯。

不再是那么单纯没有秘密的田丁丁，好像也不再像往日那么傻。

所以我点点头又摇摇头：“你可能需要减个四五斤啦，多做仰卧起坐把小肚子练下去一点儿最好，不过，其实无论你怎么样，他都会觉得你很可爱的。”

为了证明我的话，我从我的化妆包里取出一管 Dior 的唇膏，轻轻地往她嘴唇上点了一点，然后怂恿她去照镜子：“看，很漂亮！”

她站在镜子前面，我看见里面那个平平无奇的女孩好像被魔法棒点到，忽然间，像春天的小野花一样呼啦啦地绽放。

原来，这个傻乎乎直愣愣说话脑筋不会拐弯的田丁丁，真有一点漂亮。

是那种深藏不露却让你怎么看怎么舒服的漂亮，那种我已经轻易失去的真正少女的漂亮。

或者说，她的那种漂亮，我其实从来都没有拥有过。

我第一次有点嫉妒她。为了压下心里的嫉妒，我决定去找周楚暮，我愿在他的眼睛里，看到他对一个女生的满心欢喜。那是我，属于他的我，在他的眼睛里灿烂如花谁也无法匹敌的美。

周楚暮在酒吧街附近的一条破落街道上，租了一套房子。

我敲开他的门的时候，他很惊讶。

“林林。”他说，“这个时候你怎么会来？”

我把手背在身后，头往屋内探一探问：“有别人吗？”

他笑，伸出胳膊一把把我搂进屋子里。我发誓这是我这辈子看过的最脏最乱的房间，地上散落着啤酒瓶，脏衣服堆得满坑满谷，简直找不到落脚的地方。

“坐。”周楚暮倒是一点也不尴尬，指着床对我说。

我看了看四周，没有选择地在他的床上坐下。毕竟，唯有这张床还干净一点。

可是我刚坐下，就感觉到被什么东西硌到，我伸手一摸，是一个用过的避孕套。我那时候并不知道它是什么，但直觉告诉我那不是一个好东西，我触电般把它丢出去，一下涨红了脸。

周楚暮笑起来：“我们也试试？”

我慌乱地从他床边跳起来，一句话不说就往门外走。

“回来！”周楚暮叫我。

我在门口停下脚步，我不知道自己为什么要停下来，刚才那不干净的触觉还在我的手上，我想，也许我只是想找个地方把它洗掉。

“有什么值得生气的呢，妹妹？”周楚暮在我身后满不在乎地说，“如果你来的话，我会换新床单。”

我转过身。

他双手抱在胸前，几乎是挑衅地看着我。

忽然我就晓得了，为这样的事情和他怄气，实在是犯不上的。

我不是老早就知道他是一个混混加流氓？不是完全清楚他不止有一个好妹妹？既然是我自己选择了这样一个人，我又有什么好抱怨的？

于是，我轻轻巧巧走回到他身边，用我最优雅平淡的口气说："至少，你应该把你的屋子收拾一下。"

"你的意思是？"

"要么没有她们，要么没有我。"我平静地说，"你就不怕得艾滋病？"

"哈，"周楚暮的笑忽然变得有些咬牙切齿，"那你总有一天也得完蛋。"

"你说我，还是她们？"我不接他抛过来的球，只是一味重复。

"如果我不选呢？"

"哦。"我尽量平静地说，"随便你。"然后我看着他轻轻微笑了一下，就走出了他的家门。

这是我面对周楚暮的时候，又一次小小的胜利。

可惜这一次的胜利并没有延续多久。有三天的时间，我没有给他打电话没有发短信，他那边也照此办理。

终于熬不住，还是决定再去见他。但心中小小的骄傲在作怪，为了表示我并不是去和他"约会"，我有了个疯狂的想法：带一个人一起去。

而这个人，当然非田丁丁同学莫属。

她那时候也正为爱情而苦恼，整天想着如何才能够成为一个"问题女生"，让她的老男人可以多看她两眼。所以，我提出这个建议的时候，她想都没想就答应了。

我给她化了妆。

这差不多花掉了我一小时的时间。

而我自己，唇彩没涂，就连薄薄的粉都没打。因为周楚暮说过，我不化妆也漂亮，这才叫真正的漂亮。何况是和满脸脂粉的田丁丁站在一起，我的优势就更加不用言语了。看得出，第一次去酒吧混的田丁丁内心有些紧张，不过她强撑着，不想让我看出来。对我而言，带着这样一个小傻女去酒吧玩多少有点失我的面子，当周楚暮看见她的一瞬，我甚至有点说不出来的小尴尬。不过我尴尬并不是因为田丁丁同学本身，而是因为带这样一个就算化了浓妆依然纯朴得一塌糊涂的女孩来这儿，显示了我欲盖弥彰的企图。

其实，连我都不知道，我自己心里到底是怎么想。

幸亏，周楚暮这个人就算有什么别的不好，在对待“妹妹”的态度上，还是一视同仁的。

当我看见他微微地弯着身子凑近田丁丁，对她说“林枳老跟我提起你”的时候，那姿势，那眼神，就好像电影里的马龙•白兰度，真是一个风度翩翩的流氓，让人不迷都不行。

我在田丁丁的眼睛里看到我希望看到的羡慕。就是这样的一个男子，他是我的男朋友，我该多么幸福！

我万万没想到的是，“问题少女”实习生田丁丁胆小过度，中途离场。于是包厢里只剩我和他，我们两个各怀心事，看着彼此。

“怎么，”他歪着嘴笑，“是不是我太帅，把你同学吓跑了？”

“你就臭美吧。”我说。

“过来。”他唤我。

我坐着没动。

“我再喊一声，”他说，“你不过来，后果自负。”

我乖乖地坐到了他身边。他伸出手来，拉我再近一些，然后说：“在你们天中，你是不是头号大美女？”

“不知道。”我说，“我们天中美女如云。”

“可是，”他吻着我的头发，在我耳边叹息说，“在我心里，你是的。”

我的心一下子就软了，软得不可开交。之前对他所有的不满全都化成了水，浇开了一心的甜蜜。

“这些天我一直在考虑。”他继续说道，“就是考虑你说的那个问题，要你还是要她们。”

“答案是什么？”我的心已经紧张得快从胸腔里蹦出来，他却不急不慢地叹一口气，似乎想转移话题。我已经紧张到颤抖，他却从容不迫，就像反正要到手的耗子，猫为什么不尽情戏耍个够？这么一想我觉得我又要开始恨他，他却轻易公布答案：“当然是你。不过我要折磨你几天，谁叫你是咬过我一口的小妹妹！你总得给我个机会报复一下。”

我红着脸不说话，眼泪却要掉下来。

“我们喝点啥？”他说，“庆祝一下？”

“庆祝什么？”我问他。

“我们的重逢，或者说……”他停住了，看着我说，“你是高才生，你来补充。”

“我们的两情相悦，还有，天长地久。”我补充。

他哈哈地笑起来。我知道，他一定觉得好笑极了，那么老土的词，被天中的高才生说出来。可我真的不觉得老套，我心里真的是这么想的。两情相悦，天长地久。

我想要拥有。

5

时间就这样一天一天地过去了。

我开始跟以前很不一样，因为，我变成了别人的女朋友。

我开始频频逃课，撒谎。所幸的是，每一次都有田丁丁这个可爱的姑娘帮我。那些日子我越来越依赖田丁丁，有时候我也很难说清楚我对田丁丁的感觉，当我发现我是真的很喜欢她的时候，我甚至觉得有些害怕。而且我最害怕的是我清楚地知道我自己害怕的是什么，我怕我失去在她面前的优越感。

我真的渐渐在失去这种感觉。

我所拥有的，常常并不是我想要的——虽然这句话任谁来听，都会觉得我真欠揍，但我向你保证，它是实情。

那么我想要的，到底是什么呢？

他看着我时的眼神，他眼神里的疼爱，是这样的吧。林枳的生活里没有这些，所以，我才会这样奋不顾身的吧。

楚暮，我的小爱人。我要把他变成一个好孩子，我想我一定能！

那些天我很拼命地看书。其实，我的功课不都是这样看出来的，我只需要花课堂上的四十五分钟，就能弥补别人课余的两个小时，但只有这样才可以把想他的念头死死地摁下去。这样的煎熬因为周末的到来终于要结束了。天中的所谓周末，其实只有一个下午而已。而月假，才会像一般的周末一样放足两天。即便是这样，我还是为重新获得自由而激动万分。

我拍拍田丁丁的脸，欢欣鼓舞地往校门口一路小跑准备去见周楚暮的时候，却意外地看到了于根海的车。

我放慢我的脚步。

他摇开车窗，对我说："上。"

这一次我没有摔他的车门。我矜持地坐在他这辆天杀的 MINI COOPER 的副驾驶座上，正打算这么一路矜持直到跟于根海分道扬镳的时候，他却偏偏问了我一个让我再也无法矜持起来的问题。

"有相好的了吧，你？"

难道他不知道世界上还有"男朋友"这个词？我的心里为了于根海劣性难改的粗俗已经开吐，嘴上却仍然镇定优雅地敷衍着他："没有。"

他嘿嘿笑，就好像我有什么见不得人的事情落在他手上一样，笑得非常龌龊。

"别骗我啦！"他猛打了一把方向盘之后对我说，"我有个朋友看见你在酒吧里跟个小男生搂搂抱抱亲亲摸摸，看你的脸色，这段日子过得很滋润啊！”

天哪，这像爹对女儿讲的话吗？虽然这么多年来我已经根深蒂固地接受了后爹不是亲爹这个事实，虽然我对于根海的口无遮拦已经适应到了不是一般的程度，但这样严重超出尺度的话，还是激起了我的小愤怒。

“你朋友看错了。”我冷静地说。

“我来接你回家。”他说，“今天哪里也不许去。而且我警告你，你要再敢让那些臭小子踏进我家门半步，我就连你一起赶出去！”

“凭什么？”我转过头问他。

“凭老子养了你这么多年，”他说，“就不能容忍你在外面给我丢人！”

我只是语气平静地说：“我哪有你丢人？手上套着金戒指开宝马。”

我的话音刚落，于根海就猛地踩了一脚刹车。

我深吸一口气，已经准备好狂风暴雨一般的咒骂降临到我头上。

可是这一次，大概是被刺激得实在太狠，于根海不明智地改变了策略。要知道，他可是最痛恨别人说他没品，他辛辛苦苦买MINI COOPER就是想搭一趟时尚的末班车，被我一语道破天机，他不恼羞成怒才怪。

我看着他的脸色从红变白，从白变绿，看着他咬着牙齿，狠狠地说出了这么一句：“你就跟你妈妈一样贱！”

我当机立断地甩了他一个耳光。

然后，好汉不吃眼前亏，我手脚麻利地拉开车门，招了一辆出租车。

虽然桑塔纳绝对跑不过宝马，但是在这堵车堵到一塌糊涂的鬼地方，就算你有一辆法拉利又如何？于根海明白这个道理，所以没有追上来，当我坐在出租车上惊魂稍定，伸手一摸脸，才发现自己已经泪流满面。

所谓悲从中来形容的就是我当时的心情，不，与其说是悲伤，不如说是愤怒。我的样子肯定丑到极点，那个秃顶的出租车司机从后望镜里怜悯地看了我好半天，啧啧地开口："小姑娘什么事想不开哦，小小年纪……是不是考试没考好？"

我凶凶地回他一句："关你屁事！"

他噤声，回头继续开车，我从侧面看见他的脸，上面写的一行字是：不跟你这疯婆子一般见识。

而我坐在后座上兀自气得发抖：她是我的妈妈，就算她真的贱，有资格说的也只有我一个人。

于根海算什么东西？

其实一分钟以后我就自己回答了这个问题。

于根海，他就是一张饭票，一个移动荷包。虽然他一直以来都不算特别慷慨，但给我们母女俩的生活费，还是能应付基本的生活。

那么，刚才我毫不留情的一耳光，是不是等于亲手撕坏了饭票，扔掉了荷包呢？

如此说来，我还是有丁点儿后悔的。

但不管怎么说，还是有高兴的事。那就是——我终于又见到了他。

不过短短几天，却仿佛已经过了很多年。我敲他的房门，一直敲到手软，不知道过了多久，才听到开门的声音。他好像才起床，只穿一条沙滩裤，拉开门懒懒地笑着，对我说："宝贝，你来了？"

黄昏金色的阳光照着他的脸，看着他有些疲倦的笑容，我竟然有想要流泪的冲动。

他拉我进屋，让我在床边坐下，盯着我的眼睛说："别说，这几天我还真有点想你。"

我默默地把头靠到他的怀里。

他柔声问我："怎么了，不开心？"

"嗯。"我说。

"我的林枳可是无敌的。"

我环顾四周，问他："要是搬来跟你住，你会欢迎吗？"

"哦？"他扬起半边眉毛，"天中的高才生离家出走？"

我想起于根海，赌气地点点头。

周楚暮笑了，伸出一根手指，轻轻弹了我额头一下，然后说："可是宝贝，哥哥我养不起你。"

就在这时，他的手机响了起来，他找了半天，终于在枕头下面找到了它。我听到电话那边是一个男人的声音，很大声很凶，在让他还钱什么的。结果周楚暮的声音比他还大还要凶："行了，知道了，最迟明天还你！”

然后，他挂断了电话。

电话又尖锐地响了起来，周楚暮索性把电池卸掉，扔到了一边。

我问他：“你欠别人钱？”

“你别管。”他说。

“欠多少？”

“我都叫你别管！”他冲我大吼。

“可是……”我用一种非常坚定的声音说，“我是你的女朋友，不是吗？如果你的事我不管，那谁能管呢？”

他看着我，脸上的表情很奇怪。如果有人在大街上这么看我，我一定会认为我的脸花了。时间好像停住了一般，我倔强地抿着唇昂着头，等他的答复。不知道过了多久，他终于开口说话，说话的同时，还拉了拉我前额的刘海：“那，你能借给我一千块吗？”

一千块。

我没有。

但是我微笑着对周楚暮说：“好吧，你等我，我去拿。”

说完这话，我站起身走到门边。他一直跟着我出来，轻轻地在我身后抱住了我，在我耳边说：“对不起，我不想给你带来任何麻烦，你知道的。”

我拼命地点头，泪水又一次在眼眶里酝酿。

他是心疼我的，我知道。

可我说的也是真话，从重遇那天起，我们就是两个相依为命的孩子。周楚暮，我的小爱人，我不可能丢下你不管。我不知道我的眼泪是什么道理，可我知道不能给周楚暮看见。我害怕他会以为，我借钱给他是我心不甘情不愿的事。

我向上帝发誓，我是真心要帮他的。

“你是去银行吗，要不要我陪你？”周楚暮勾住我的手指，甩了甩我的手臂问。

“不要了。”我松开他，“你在家等我就好，我去去就回。”

“那好吧。”他说，“晚上我在‘算了’等你。”

那天，他一直把我送到公车站台，看着我上了车，直到车开了，还小跑着追了几步，跟我挥手。他眼神里对我的依恋，像一条粘连的丝线，距离越来越远，却没能把我的意志从那眼神中分割开。

下了公车我直奔家里。推开家门，发现于根海不在家，妈妈正坐在沙发上看电视。我径直走向她，开门见山地说：“给我一千块。”

她抬眼看我，吐出两个字：“没有。”

“我弄丢了同学的掌上游戏机。”我说，“我得赔他。”

“你应该小心点。”她说，“不要总是丢三落四的。”

我讨厌她这样岔开话题，于是在她身边坐了下来，用恳求的语气对她说：“把钱给我，好不好？”

她还是那样的语调：“我没有。”

“那他呢？”“他”当然指于根海，我指了指他的房间——自从她信佛以来，她就和于根海分居了，主动搬到客房去住。

“你自己跟他要。”她说完便不再看我，还顺便按了一下遥控器，把频道转到一个永远唱着嗯嗯呀呀京剧的台上，仿佛在拒绝一个被拖欠数年工资的农民工。

我是她的女儿，她是母亲。可是，她居然对我这样。

我终于被激怒了，伸出手，一把把茶几上于根海用的那个偌大的透明的玻璃烟灰缸扫到了地上。烟灰缸在地板上砸出一个坑来，居然只碎了一个角。她伸长手，把它从地上捞起来，冷静地对我说：“林枳，你脾气越来越坏了。”

荣幸，她居然还记得我叫林枳。

我带着对她彻底的失望，从沙发上站起身来，绝望地走出了家门，她没有喊住我，甚至没有问我要到哪里去。

我机械地移动着自己的步子，没有了任何的想法，只想走，离开这里，去哪儿都好。

我没有坐车，一个多小时后，我走到了“算了”的门前。

我没有钱，我帮不了他，可是，我最想见的人就是他。

我刚进酒吧的大门，就看到周楚暮冲上来，手指像钳子一样扣紧我的胳膊，神色紧张地问我说：“怎么样，钱带来了吗？”

在他的身后，站着一群不怀好意的人。

“我都说了，立马还钱。”周楚暮得意地打了一个响指，对我说：“林林，快，把钱还给他们，我们走。”

“我没钱。”我的表情估计和我妈妈的一样欠揍，可是除了这样我不知道我还能说什么，我比周楚暮更加心灰意冷。

“什么？”周楚暮惊讶地说，“没钱？没钱你来这里干什么？”

后面的人把周楚暮一推说："小子，你知道耍刘老三是什么样的后果吗？"

周楚暮把我一推说："姑娘，你知道耍刘老三是什么样的后果吗？"我一下子没站稳，被他硬生生推到一个人身上。那人很高，皮肤很黑，扶了我一把，然后问周楚暮："这是谁？"

"一个中学生，不知道从哪里跑来的。"周楚暮朝我挥手说，"你快走吧，你妈妈到处找你呢。"

"要走一起走。"我说。

周楚暮拉下脸来："我都说我不认得你，你别成天缠着我行不行？"

那个男人指着我对周楚暮说："不如我们来做个交易，她陪我喝一晚，你的账可以拖一个星期。"

"刘老三，"周楚暮说，"你的钱我会想办法还你。我都说了，她还是中学生，你玩过了没好处。"

原来那人就是传说中的刘老三。

我转向他，不知死活地问道："就是喝酒吗？"

"当然。"刘老三说，"马爹利，喝过吗？"

"你说话算数吗？"我继续问，"我陪你喝酒，他的账一周后再算？"

"当然。"那男人咧开大嘴笑了。

我不顾周楚暮惊讶的眼光，在酒吧找了个位子坐了下来，大声对刘老三说："上酒。"

我当然明白，这个世界从来就是这么现实，想躲过灾难就得抛开尊严抛开体面抛开所有的一切，这个道理我其实早就明白。

我豪气干云地想，为了周楚暮，为了爱情，我没什么不能做的。

几杯酒，我林枳不怕。

话是这么说，可是当那个所谓的老大刘老三把长着灰指甲的手不老实地伸到我的衬衫底下去的时候，我到底还是没忍住，把一杯价值人民币228元的洋酒直接泼到了他脸上。泼过之后，我想逃走，却不小心滑了一跤，膝盖狠狠地撞在了低矮的桌面上，顿时又痛又麻。

事情变得真不是一般的糟。

一旁的周楚暮看着我，脸上的表情仿佛在说："对不起，妹妹，这一次我也帮不了你。"

刘老三把脸上的酒用掌心抹掉，问我说："你叫什么名字？"

我没答他。

刘老三又说："我跟一个女人好之前，一定要弄清楚她叫什么名字。"

我开始发抖。

就在这时候，周楚暮上前护住了我，对刘老三说："算我闯的祸，大哥你别计较了，我今晚一定把钱还你，并当众给你赔礼道歉，你看如何？"

"怎么赔？"刘老三说。

"我找莎丽来陪你。她还是个中学生，不懂事。"周楚暮说，"你饶她一次？"

刘老三看看我，再看看周楚暮，坐下来说："好吧，两小时内还钱，不然，就别怪我不客气。"

"谢谢。"周楚暮说完，把我拉到角落，塞给我手机说："快，给你爸打电话，让他带钱来救命。"

我刚打完于根海巴掌，怎么可能给他打电话？

我想了想，蹲下来，蹲在酒吧的角落里，给田丁丁发了一条短信，让她带一千块来"算了"救命。

其实，她来不来，会不会带钱来，我一点把握也没有。我知道，她的家境也实在算不上宽裕，就算她肯来，可能也拿不出一千块。

结果让我多少有一些感动的是，一个小时之后，傻姑娘田丁丁果真带着一千块钱来到，当她带着侠女般的表情冲进包厢，四下张望着打算给我"救命"的时候，饶是我心情坏到极处，也忍不住微笑起来。

"我不会不帮你的。"田丁丁第二天对我说，"我们是最好的朋友，我怎么可能在你有困难的时候不伸手呢？"

她说这些话的时候是笑着的。我又一次发现，她的笑是那样美丽迷人，让我自惭形秽，只是我不再嫉妒，而是欣赏。在她的面前，我原来的一切都不见了，只有慢慢慢慢地低下来的骄傲。

我哑着嗓子说："我会把钱还你。"

她只是笑，不说话。

我忽然很想哭，但我终于忍住了。我不能在田丁丁面前哭，绝不能。

只是我欠她的，我该如何才能还得清？

最让我不知道该笑还是该哭的是，那晚，周楚暮居然还有心情邀请田丁丁喝酒。我第一次觉得他那张英俊的脸有点欠揍。他从他身上摸出一百块，爽气地拍给服务生，而那杯酒居然被傻到绝顶的田丁丁一口灌下！

而且，不知道是不是误会，我竟然发现周楚暮用看我的那种眼神在看田丁丁！

这是我无论如何也不能容忍的！

我拉着田丁丁就走。可是还没走出酒吧街，不争气的田丁丁同学就吐得不省人事了。

我用尽全力，好不容易把她从地上拖起来，可是刚拖起没多久，她又像个巨大的包袱似的滑落在地上，任我怎么努力都没法扶起她。周楚暮从后面追上来，替我一把把她拉起。

“谢谢你。”他对我说。

其实不用，我这么做纯粹是为了我自己，不是吗？

“你吃醋了？”他看着我，再看看田丁丁，问道。

“没有的事。”我转开头，招了一辆出租车。我扶着田丁丁上了车，没想到他也拉开车门坐到前面，对司机说：“去天中。”

那晚，是他一直把我和田丁丁送回了学校。

一路上，我们都没有说话。他送到校门就不能进去了，我回到宿舍把田丁丁安置好后，一路小跑地回到校门口，发现他竟然还在，手插在裤兜里来回散步。

他终于为我而等待，我是不是应该感到值得，是不是应该有守得云开见月明的庆幸？

此时，晚自修已经下课，铁门锁上了。我出不去，我们就这样隔着一扇大大的铁门对望。月光真正的好，不明白每一次和他在一起，怎么都有这么美这么美的月光。周楚暮笑了笑，把手从裤子口袋里伸出来，一直伸进铁门的缝隙。我不由自主地伸出手，握住了他的。

“林林。”他说，“我不会忘记。”

“什么？”我低声问。

“你对我好。”他说，“很久不曾有人对我这么好。”

我的眼泪流了下来。

如果这个世界上有人不明白什么叫幸福，那么，这一刻请来采访我。

6

如果第二天早操以后，丁力申没有在回教室的路上拦住我，我会以为昨晚的事只是我、周楚暮和田丁丁三个人的秘密。

所以当这个男生摆出一副克格勃的样子横在我眼前，压低声音问我“你昨晚是不是在‘算了’”的时候，他忧虑的嗓音让我忽然明白了一件事。

哦，原来我最近正在走桃花运。

哦，原来他对田丁丁的那些不着边际的关注，重点完全在我身上。

请不要问我搞错没有，要知道，有些事情我只要看对方的一个眼神，就能完全心领神会。不然你以为智商的高低到底能决定什么？

“你跟踪我？”当我反应过来他暗恋我这个事实，胆就肥了起来，就没理搅三分地倒打一耙，“丁力申，做人要厚道哦。”

“我没有！”他急忙否认，“我只是……关心你。”

“谢谢你的关心。”我一边从他身旁轻巧地跑过，一边咯咯笑着说，“可惜我现在要去上早读课，我们以后再讨论这个问题。”

他半天说不出话，最后我只听见远远的一声模糊不清的嘟囔：“林枳，别傻了好不好？”

“别傻了好不好？”

这句话听得我心中一颤。

从某种程度上来说，丁力申对我的判断没有错。我有足够高的智商计算方程式，却无法分清生活中的轻重缓急。

比如，我当然记得我借了田丁丁的钱，但是我却没有钱可以还给她。

因为我把我的生活费全都交给了周楚暮。

因为那一天我去他那里，发现他竟然连吃饭的钱都没有。他半躺在那里，有气无力，甚至都不愿意跟我说话。

“也许……”我试探地说，“你可以去找份工作。”

“好了！”他不耐烦地打断我，“我的事情不要你管。”

每当这种时候，他的脾气总是显得特别暴躁。

“我们去吃面吧。”我说，“我肚子饿得很厉害，我知道有家面馆，里面的面很好吃，离这里不远。”

“我不饿，”他说，“而且我请不起你。”

“我请你。”我用我认为最合理的措辞说道，“再说我和你有什么区别吗？”

“你还是走吧，我很困了，要睡一觉。”他看我一眼，倒到床上，用被子把头蒙起来，不再理我。

我把我身上所有的钱留给了他，放在他的枕头边。然后，我起身走出了他的小屋。

没过几分钟，我感到他从后面追了上来，我能听出他的脚步声，一定是他，肯定是他。但我没有回头，我倔强地往前走着，直到他伸出手拉住我，叹口气说：“我终于在这个世界上找到一个比我更倔的人。”

我不知道他是在夸我还是在骂我，但是，我很高兴。

他追上来说明他在乎我，不是吗？

“我们去吃面吧。”他说，“吃完面，我们去看电影。”

“好。”我说。其实我很想说，电影不用看了，那些钱留着吃饭比较要紧，但我不敢说，我怕他会不开心。至于钱的事，或许我可以想点别的办法。

后来，我们没有去看电影，还是去酒吧玩了。不过因为上次陪酒事件的阴影，我们去的是另一个酒吧，没去“算了”。那天真的玩得很开心，他喝多了，我没想到他酒量并不怎么样，因此我就没有拦他，谁知道他很快就烂醉如泥，最后是侍应生和我一起把他扶到出租车上，我带着他回了家。

那间房子一如既往地脏乱差，屋里很黑，我扶着他小心翼翼地往里走，生怕踩到啤酒瓶碎玻璃或者没有燃尽的烟头。

他的酒好像醒了一些，进了门，倒在床上，忽然又笑了起来，我不知道他到底在笑什么。

我打开了灯。

“关掉。”他挥手命令我。

然后，他忽然从床上坐起来，以不可思议的敏捷哗啦一下拉开了窗帘。

“节约用电吧，”他说，“有月亮。”

他虽然喝多了，但他说得没错。我这才发现，原来这间房子的窗户开向西边，夏天的下午一定热得像蒸笼，可是现在，在下半夜，真的有着很好的月光。周楚暮站在窗边，月亮把一束银白色的追光打在他脸上，他忽然变得那么帅那么帅，帅得一尘不染，令我窒息。

“很好的月亮。”他说，“你把衣服脱了吧，这里太热。”

“我不热。”我说。

他又笑，在月光里这笑也有一点遥远，他就那么遥远地笑着，用一种遥远的声音对我说：“林林，也许我们不该遇到，你说对不对？不过我还是很高兴我们遇到了，你能听明白我在说什么吗？”

我点点头，微微地红了脸。

他又把窗帘拉开得更多一点。然后他说：“林林同学，现在我要脱衣服了，如果你不敢看，就转个身。”

我站着不动。他胜利般地笑了，然后脱下了他的 T 恤。

“你帮我看看，”他忽然转过身说，“小时候你咬我的那块疤，还在吗？”

我没动。

“帮个忙呀！”他催我，“我每次洗澡的时候都想自己照一照，洗到最后又总是忘了。”

“为什么？”我傻傻地问。

“可能是因为，不管有疤还是没疤，我都会有一点点失望。”他用一种前所未有的认真口气说。

这句话，听得我动容。

于是我轻轻走上前去，轻轻张开我的胳膊，然后，轻轻地抱住了他。

“你现在的想法纯洁吗？”他问我。

我摇摇头：“疤没有了。”

“当然不会有了，小傻瓜啊。”他轻轻拍拍我的头，“我在骗你啊！谁给谁的伤疤能留一辈子呢？”

“你现在说的所有的话，是不是都是在骗我？”我问。

他想了想说：“是的。”

我点点头。

然后我把手伸到背后，轻轻解开了我的裙子。

他笑着拉了拉我的领口。“你真傻。”他说，“像我这样的人……”

“你是什么样的人？”我哑着嗓子问，把他的手轻轻按在我的胸口。

“你想清楚了吗？”他把头埋下来，亲吻着我的颈窝，喃喃地问，“你以后不会后悔？”

我摇摇头，用一个猛烈的动作把他的身体拉向了我。

然后我看见月光突然发疯似的流淌起来，像一条河。我的身体在这河中飘荡，一个一个巨大的浪头打过来，我放弃了挣扎，瞬间倾覆。

第二天早上四点半钟的时候我醒来。我从床上爬起来的时候，动静大了一点，被周楚暮迷迷糊糊地一把拖住：“不要走。”

我轻轻地，然而坚决地挣脱他的手：“我还要去学校。”

他不快地哼了一声，翻了个身，把背朝向我。打开他家的门，我犹豫了一下，终究还是不敢回头去看一眼床单上的痕迹。我不敢想象，如果那条床单上沾染的不是少女纯洁的印记而是经年累积的污痕，我这在清晨时分无比脆弱的小心灵，在以后的岁月里，该如何修补这一刻的不完美？

林枳，原来你还是会害怕的，不是吗？

我梦游一般地打车回到了学校，梦游一般地恳求门卫开了校门，梦游一般地回到了宿舍。宿舍里的人都在睡，可是田丁丁醒着。她想用装睡来掩盖看到我一夜未归的事实，被我一眼就看穿了，我掀开了她的被子，本想跟她解释点什么，但她眼睛里的质疑还是让我感到惶恐和害怕。于是我又用被子把她的头盖了起来，然后什么也没说，爬上了我的铺位。

虽然我真的很困很累，但我一分钟也没有睡着。

早操的时候，我爬了起来。我把自己夹在天中的男生女生之中，却忽然有种恍惚的感觉：这已经不是我的世界。

这是那些年轻完整的人的世界。而我，已经用一晚上的时间，完成了对自己的放逐。

我忽然有点悲伤，悲伤自己的少女时代，消失得这样措手不及，却又不容置辩。

不过，这一切都是我的选择，不是吗？

我这样想着，稍微有一点点恍惚，并且在这种魂不守舍的状态下，径直撞到一个人身上。等我用了半天工夫终于调整好眼睛的焦距，才没好气地发现，这个人果然是那个阴魂不散的丁力申。

“早。”我保持着一贯的微笑，矜持地跟他打招呼。

“早。”他闷头闷脑地回答。

“林枳！”丁力申忽然在我身后喊，“昨天晚上，你去哪里了呢？”

他对我的关心确实不假，这个事实让我心中微微一动。可是，我只是短暂地转过身，短暂地对他妩媚一笑：“怎么，你很想知道吗？”

“我打听过那个周楚暮，”丁力申说，“你可千万别认为他是什么好人。”

“住口！”我说，“你没资格说他。”

“也许是吧，”丁力申说，“你批评得对。但是，你要知道，我只是不希望你出任何事。”

“谢谢你。”我缓和我的语气，“我想我知道该怎么做。”

“当然，林枳。”他温和地说，“你是这样聪明。”说完这句话，他意味深长地看我一眼，走了。

我往前几步，发现田丁丁等在教学楼的角落。见了我，她飞快地闪出来，看着我只说了一句话："我给你买早饭去了。昨晚我撒谎是你送我到医院去了，也不知道老师会不会怀疑，总之快走吧，要挨批一起挨。"

我跟在她后面往教室走去，心里不是没有感动的。

上课的时候，也许预感到他要找我，我把手机给关掉了。当我们的关系变得有些不一样的时候，我有点怕面对他，不知道应该跟他说什么好。可是我万万没想到的是，他竟然会把短信发到田丁丁的手机上。田丁丁的号码也是我留给他的，在这之前，我怕我的手机会突然没钱，我怕他会找不到我。

唉，看似聪明的林枳总是身不由己地做很多傻事。

我拒绝了他的约会，他一定不高兴。但我需要时间消化那一切，在我看来兴许不该发生的一切。

我真的不是后悔什么，楚暮，希望你能理解我。

7

不管怎么样，欠丁丁的钱，应该要还了。再不还，我都不好意思面对她了。

又一个周末快来的时候，我鼓足勇气给于根海打电话，告诉他学校要交补课费和资料费，问他什么时候可以回家给我。

"我在外面忙，"他说，"你等着吧。"

“对不起。”我听见自己屈辱的声音，“我那天不该打您，我认错。”

“哈哈。”他在那头干笑。

“要是您回家的时候我不在家，麻烦您把钱放在我房间的抽屉里，不要交给我妈妈，一千元，谢谢您。”

我说完，把电话挂了。

我没有把握他一定会给我钱，但是这是我必须做的。我一定要弄到钱，帮楚暮渡过难关。至于田丁丁，我只能再欠她一些时日。

其实我知道她也没钱，我真是对不起她。

好在天无绝人之路，当我在报刊亭翻阅最新一期的《时尚芭莎》，惊喜地发现，这个月英国品牌 The Body Shop 正在做推广，凭杂志印花前五百人都可以在新开专柜领取丰厚礼物。

我将有印花的那一页杂志偷偷撕下，然后在那些爱贪小便宜的女人中间杀开一条血路，终于如愿拿到了一支眼霜和一小瓶红酒面膜的试用装。这些东西用来唬一唬田丁丁同学，我想已经足够。

当我把那些免费的眼霜面膜拿给她的时候，清楚地看见她眼中的犹豫，她不知道自己是否应该接受这么“贵重”的礼物，那么，我也有了把握，这些东西会让她至少一个月不跟我提“钱”字。

我看着她，看着她在食堂里一顿一顿地吃着煮茄子，心里不是没有内疚，但很快就会被自怜的感觉代替。

因为我发现，在我和田丁丁之间，其实还是我更可怜。

没错，她一直在被她最好的朋友骗，但是她被骗得不知不觉，心甘情愿，她甚至会因为自己的崇高和无私感到一些些快乐。骗人其实是一件劳心费力的事情，为了掩盖一个最初的谎言往往要说出一连串更大的谎言，如果不是认为你还值得一骗，谁又会有那个时间精力来骗你呢？

所以说，在这个实际到锱铢必较的世界，有人肯费尽心机地骗你，说不定还是一件幸福的事。

就像周楚暮，他甚至都懒得骗我。

自从那天我拒绝和他见面后，我没有再见过他。他常常关机，很少跟我联系，连短信都是寥寥数语，好似敷衍。

我又控制不住自己了。

正好这周放月假，周末的时候，我又去了“算了”。此时的我已经无须人通报，我找到周楚暮长期驻扎的包间，直接推门走了进去。

包间里非常暗，弥漫着烟酒雾气，让我有点睁不开眼。

当我的眼睛终于适应了这一切，所看到的一切却让我差点吐血。包间中央的大圆桌旁围了一圈的人，处于中心位置的正是周楚暮，他正在兴致勃勃地掀开盒子察看点数，看清之后却发出了沮丧的一声：“我去！”

他一直不管我，视我若不存在，就是整天在这里赌赌赌！

想到这里，我心中忽然悲愤得难以控制，一下冲上前，把他面前的骰子哗啦啦都拨到地上。他朝我怒吼：“你他妈有病？！”

“你不赌要死吗？”我问他。

周围有人问:“这谁呀，这么不懂事?”

周楚暮看着我，冷冷地冒出三个字:“不认得。”

然后，他低下身子把那些东西从地上重新捡拾起来，继续他的牌局。

屈辱让我差不多想去死。好，不认得。不认得就不认得，周楚暮，从此我们桥归桥路归路，谁也不要再招惹谁。

我脚步匆促地走在大街上，耳朵却还是灵敏地竖着，我希望可以听见周楚暮追出来的声音，听骄傲的他跟我解释，那些都是气话，我们依然是相亲相爱的小爱人。听他跟我保证，他不会再赌，他会好好待我，直到天长地久。

然而这一次，他没有追过来，尽管我心里无比渴望他追来。我一边跑一边慢慢感到绝望。曾经我认为世界上没有任何事是不能改变的，无论你想得到什么东西，只要一心坚持便能得偿所愿，可是现在我明白，我无法改变周楚暮，周楚暮也无法改变我。我们终是生活在两个世界里的人，就像飞鸟与鱼，在海天交错的一瞬间相爱，却到底不能生活在一起。

只是，我知道我舍不得他，我也知道他舍不得我。

我在家睡了一整天。

于根海没回过家，她也不过问我。

我没人管，没人理。失去了周楚暮的爱，我又做回那个看似拥有天下实际一无所有的林枳。

不过，只要我回到学校，我还有田丁丁。她看出我的不快乐，却并没有逼问我什么，只是在课间的时候替我端了杯热水放到我桌上，笑了笑，继续看书。

“谢谢。”过了好久，我终于对她说。

“怎么，你们吵架了？”

我摇摇头。

“你……别再跟他在一起了。”她的表情看上去很奇怪，“他对你不是真心的。”

我不喜欢听到田丁丁这么评价他，真心不真心，只有我说了算，于是我问她：“丁丁，你说我是不是应该去找他？”

但田丁丁接下来说的话却让我差一点就晕了过去，她说：“星期五下午，我在车站看到他和一个女生在一起。”

这真的是一件我极度不愿意听到的事。以我对周楚暮的了解，这件事起码存在百分之八十的可信度。然而，虽然我气得心间发颤，却还是用我最后一丝残存的风度，微笑着对田丁丁说：“你一定是看错人了。”

“绝对没有看错人！”田丁丁赌咒发誓般地说，“绝对没看错，因为他还，他还……”

“他还怎么？”我好奇地问。

田丁丁的脸却一下从绯红转成煞白，惊慌失措地看了我一眼，一扭头跑出了教室。

我吁了一口气。

也好，虽然我也很好奇他还干了些什么，但是此刻对我更重要的一点是，我不能在田丁丁面前失去我的骄傲。

而且我也不能去问周楚暮，他说过了，不认识我，我有什么资格去质问他到底跟谁在一起开心呢？

那些天，我过得不是一般的差。我不能拒绝内心的思念，却也不能放弃自己的骄傲。我只能想到一个字来形容我自己——贱。这个字，更加把我逼到了非去找他不可的地步。

那天晚上，为了迎接教学检查，高二全年级的班主任要到年级组办公室开会。根据我的经验，这样的会议少则两个钟头，多则一整晚。换句话说，只要在会议结束之前赶回教室，我会有至少两个钟头的活动时间。

我算了算，从这里到“算了”，跑步的话，来回需要一个小时左右。

也就是说，我还有一个小时可以质问周楚暮，田丁丁对我说的一切是否属实。

足够了。

为了确保万无一失，我还是在最后一节自习课留条给田丁丁，让她帮我留意着，有什么情况就通风报信。

我万万没想到的是，这傻姑娘居然冒冒失失地把那张字条扔进了笔筒，还被她的心上人林庚抓了个正着！

那一天，挺身而出救我于水深火热的人，是丁力申。他谎称那是自己写的情书，然后一番天南海北的胡诌侃晕了老男人林庚，林庚居然莫名其妙地又把那张字条还给了他。

他当然没逃脱被叫进办公室的命运。

我松一口气。我当然知道他为什么要这么做。这段时间他一直像个影子一样在我身边，一直在找机会向我证明他的真心。

他把最新最流行的参考书塞进我的抽屉，在扉页上写：祝你考得好成绩，知名不具。

他不知怎么买通了劳动委员安排他跟我一起值日，然后总是旋风一样地擦黑板扫地倒垃圾，干净利落，简直不需要我动一根手指。

食堂最挤的时候，他用百米冲刺的速度去排队，然后把自己的位置让给帮我买饭的田丁丁。

当他发现我经济拮据，甚至往我的饭卡里存了二百块钱。

只可惜，他做的这一切，我都无法领情。

因为喜欢我，他舍身替我挡灾，我却不得不利用这次难得的机会，去见我喜欢的人。

当丁力申在校门附近一条幽暗的小路拦住我时，我也没觉得他是一个拯救失足少女的中世纪骑士，而感觉他是一个自以为是的麻烦。

大麻烦，大灾难。

我甚至有点厌烦他的神情，他就好像逮到了一个不慎失足的问题少女，简直比老班还要严肃。

更让我差点喷出来的是他的第一句台词，别扭得好像老特务电影的台词："我知道你现在想去哪里。"

"你真的知道？"我笑盈盈地反问他，"那太好了，麻烦你告诉我哦，因为我自己还不是很知道呢。"

他被我这一句噎得说不出话，我趁势绕过他往校门方向走，没想到这个没礼貌的家伙，居然从后面一把抓住我的衣服！

“我知道你要去哪里。”还是那句话。只是这一次说得更肯定，肯定得我没有心情再跟他开玩笑，而是挣脱他的手，转身对他礼貌地说：“那你也一定知道，我去是有重要的事。”

“什么重要的事？”他反问，“一个小流氓对你就那么重要？”

我讨厌他这么评价周楚暮。就算周楚暮真的是个流氓，关他丁力申什么事呢？

“林枳！”我听见他在我身后不服气地喊，“我比他对你好，难道你没有看出来吗？”

“我看出来了，可是很抱歉，”我回头对他妩媚地一笑，“我永远不可能对你像对他一样。”

说完这句话，我就没有再回头。

我完全能够想象得到身后的他会是怎样的表情，沮丧、伤心、难以置信，不知道自己做错了什么，以及一肚子的不服气。

其实说真的，如果我没有遇见周楚暮，未必不会为丁力申这样的男生动心。我并不是铁石心肠，这段时间他为我做的一切足以证明他的善良和体贴，我甚至能想象他会是一个不错的结婚对象，能有足够的温柔和耐心让现世安稳、岁月静好——只可惜，相比周楚暮，他少了一点点让女生心跳加速的感觉，微酸的恋爱的感觉。

只差了那么一点点，而我只能对他说抱歉。甚至，不喜欢就是不喜欢，连抱歉都不必说。

女生在一个暗恋她的男生面前，永远都有这一点优势。不讲理的永远都可以是她，先离开的是她，不回头的也是她。

可惜的是，在周楚暮面前，我的这一点优势荡然无存。

当我再次出现在周楚暮面前的时候，我已经忘掉了内心所有的仇恨。我发誓，那一刻我的心里除了对他的爱恋，真的什么都没有。我只希望他不要不理我，不要装作不认识我，不要再次把我赶离他的身边，不要再说“不认得”这三个字。

哦，谢天谢地，他没有。

他走到我面前，温柔地说：“林林，好久不见。”

我不能点头，因为点头就会流下眼泪。瞧，我变得多么傻，比田丁丁还要痴情，还要没脑子。

“来。”他一把拉住我说，“来看我给你买了什么好东西。”

我跟着他一直进了包厢，他从口袋里掏出一个小盒子，打开来递给我。我屏住呼吸，那是一条非常美丽的挂坠，透明的一只小蝴蝶，小标签上的价格是1280元。

我倒吸一口凉气。

“我早买了。”他说，“你今天不来，我明天就会送去给你。”

“太贵了。”我说。

“为你，买什么都不贵。”他把挂坠取出来，细心地替我挂上，笑着说，“美丽的挂坠配美丽的人，这就叫门当户对。”

我想批评他用词不当，可是我却忽然脑子短路提起了那件千不该万不该提的事，我问他：“你还有跟别的女人在一起，是吗？”

“是吗？”他装作很努力地思考。

“田丁丁都看见了。”我提醒他。

他又笑了，然后无厘头地来了这么一句：“我是什么样的人你早该知道，不是吗？”

“你到底爱没爱过我？”我问他。

他看了我半天，答：“你自己想。”

“你答应过我，有我没她们，有她们没我，现在算什么呢？”

他的脸色变了：“你今天来，就是来质问我这一切的吗？”

“不……”

“好吧，”他打断我，“我确实还跟别的女人在一起。林林，你早就该离开我，不然，你就是个蠢货。”

我定定地看了他一秒钟，转身就走。

他说得对，我是个蠢货。

只是，我蠢得心甘情愿。当我流着泪在“算了”门外那条幽暗的小巷越走越深的时候，对周楚暮，我真的没有一丝一毫的怨恨。

我痛恨的，只是这样一个失去了所有骄傲的自己。

可是，他最终还是追上来，一把抓住我的肩膀。

“别耍你的小姐脾气！”他狠狠地命令我。

我用力甩脱他，他的手却轻轻伸到我脸上来，柔声说：“别哭。”

我哭得更厉害，却强撑着没有靠近他。

他忽然说：“你是不是从心底里觉得，我其实配不上你，你是千金小姐高才生，前途大大的有，我只是一个小流氓，将来死的时候有副棺材板就不错？”他一边说一边用力地攥住我的手腕，“说，你是不是一直这么想？”

“是，我一直这么想。”我说。

四周很寂静，我听到心被谎言击碎的声音。

一切，在瞬间被毁得片甲不留。

8

上帝做证。

其实，我从来都没有这么想过。

我从不觉得我有何高贵，在我内心里，自卑常常折磨得我死去活来。而且，只有我自己知道，我真的是一个疯狂的女孩。没有谁，比我更了解自己的疯狂。

哦，周楚暮。

只要我一刻未见他，心便一刻不得安宁。我伸出手，抚摸挂在胸前的白色蝴蝶，反反复复对自己说，他是爱我的，他是爱我的。

我终于又回去找他。

那个晚上，我口袋里放着于根海给我的一千五百元钱，这笔钱多得超乎我的想象，在我回家拉开抽屉的时候，它们在里面好好地放着。我抓起它们，塞进口袋，往外冲。妈妈忽然问我说：“你去哪里？”

“有事。”我说。

“你坐下。”她唤我。

我站着没动。

“我有话跟你说。”她说。

“说吧。”我的声音是连我自己都感到吃惊的冷漠。我们这对母女，竟然变成了这样。

“不要相信男人。”她说，“不然，没有活路可以走。”

她的表情让我害怕，害怕到了极点。我想，于根海一定又有什么地方伤害了她，但我不能安慰她，这是她的命运，我无能为力。

“他说你要一千块，我让他多给你放了五百。”见我没反应，她又说，“还有，我不欠周天义些什么，你不用想着替我还债。”

她的这番话结结实实地吓了我一跳。

她到底是浑然忘世万事不关心，还是躲在暗处看清了一切？

“妈妈，”我终于悲伤地说，“我还的不是你的债，是我自己的。”

她深深看我一眼，终于没再说什么，而是转身上楼。

我又听见了木鱼单调的笃笃声。在那声音里我退到门边，背着手拉开门，一直退出了家门。然后，朝着周楚暮的家飞奔。

月光很好的晚上，我喘着气敲他的窗。我也不知道我为什么会敲他的窗而不是敲他的门，也许，我只是喜欢敲窗时发出的那种声音，低沉，有些脆弱又那么笃定，像我这些天对他的想念。等他打开窗，我要对他说的第一句就是：“不是的，我那天说的话不是真的。”

就在我这样想着的时候，窗真的吱呀一下开了，但我看到的却不是周楚暮本人，而是一个长发的女子。她穿了一件近乎透明的睡衣，睡眼惺忪地看着我问："找谁？"

我逼自己冷静。

三秒钟后，我冷静地说："周楚暮。"

周楚暮的头终于从女人的后面伸了出来。他还是那么英俊，要命的英俊，要命的吸人眼球，我的眼睛从看到他的第一眼，就不愿意从他的脸上移开。

可是，如我所料，他并不愿意理我。

"你走吧。"他冷漠地说。说完这三个字，他伸长手臂，把窗户关上了。

我当然不会走，我没有说话，也没有喊，而是在地上捡起一小块砖头，开始一下一下用力擂他的窗。窗户终于又开了，依然是那个女人，冲着我喊："滚！"

我拿着砖头朝她笑："周楚暮出来我就滚！"

她也笑："见过贱的，没见过比你更贱的！走吧，不要在这里丢人现眼了。"

我手里的砖头朝着她的头就砸了过去。

她尖叫，灵巧地闪过，砖头扔进屋子里，发出咚的声响。女人俯身，捡起砖头要砸我。此时，有人握住了她的胳膊。

"你先回吧。"他对她说，"我还有事。"

女人脸上的表情很扭曲。

我露出胜利者的甜美的微笑。

两分钟后，我在大门口和那个女的擦肩而过。我们都不可避免地好奇地看了一下彼此，她居然涂金色的眼影，皮肤很老，至少有二十五岁。

她输得毫无悬念，她算什么，周楚暮爱的是我。我敢保证，就算我真的用砖头把她砸得头破血流，周楚暮要护着的，依然是我。

我才是他的宝贝。

如假包换，独一无二。

我关上了门。他坐在床上，光着上身，抽一支烟。我轻声对他说："下来。"

他看了我一眼，不明白我的意思。

我从柜子里拿出新的床单，那还是我上次来帮他洗干净的床单。我轻声对他说："我来把它换掉，请你让开。"

他居然听话地让了，走到椅子边坐了下来。

我背对着他，麻利地做着一切，在我抹平床单上最后一个皱褶的时候，他走到我身后，从后面轻轻地抱住了我。

就在那一瞬间，我又有了一个疯狂的想法，那就是：我，能不能为周楚暮生一个孩子呢？

最好是个姑娘，像我一样美丽，有美丽的妈妈和帅气的爸爸，从小就有温暖幸福的家。她没有很好的成绩也不要紧，只要她快乐，什么都好。我们会善待她，关心她，直到她长大。

多美的梦，我发誓，只要能实现，我愿意为此付出全部。

那一夜，我又没有回家。

"你再也不许跟别的女人在一起，听到没有？！"

他抬头看我，月光把他的眼眸照成琥珀色。幼年的时候，我真不知道他会是这样一个天使般的男人。如果那时候的我懂得，我一定会哭着喊着让我妈嫁给周伯。那样，我妈和今天的我都会是不一样的命运吧。

十岁的时候，美女林枳已经懂得掌握自己的命运。现在，我变得更加无坚不摧。我要让我们幸福，让我和他的孩子幸福。我一定不能输给命运！绝不！

离开的时候，我留了一千三百块给周楚暮，只留了二百块生活费在自己身上。

我唯一对不起的人，是田丁丁。

9

我和周楚暮和好以后，诸事顺利。

但我却有些担心，自己是不是怀孕了？

我开始莫名其妙地嗜睡，有时上课我会忽然睡着，一直睡到下课才醒来。田丁丁一人抄两份笔记，抄得满头大汗也从不吵醒我。走路就像漂移，最关键的是，我居然开始呕吐，而且我已经有一个多月没来月经了。

我有限的知识告诉我，大事不妙.

我开始盼着我每月最痛恨的月经的到来。田丁丁痛经时向我要止痛丸，我看着她皱眉咽下药丸时的神情，心里已经羡慕得不能自已。

当然，我绝对不能告诉她这一切。我希望在她心中，我一直是完美、纯洁的林枳，我不希望她会因此而对我改变看法。

或许，我需要找个时间去和周楚暮商量一下。

而就目前情况来看，掩盖心中慌张的唯一办法，就是疯狂地读书。

我不明白这个世上为什么会有那么多笨蛋，有了爱情，成绩就会掉掉掉。对我来说，爱情正是我的动力。

恋爱让我形容枯槁，可我却学得一日比一日兴奋、酣畅，以至于我好几次小考都得了第一。

田丁丁的状况却没有那么好，但我每次还是都会把选择题给她看，让她的分数不要太难看。其实我若真为她好，是不该这样的。或许是因为我对她的内疚太多，每一次考试恨不得每道题都给她看，让她也考个第一第二的，好让她每次叹气的时候，我不会那么心惊肉跳地觉得都是我害的。

我欠她的钱，还是没还上。其实于根海生活费是按时给我的，有时候高兴了，还会多给一些，只是不知道为什么，周楚暮总是缺钱花，而我总是在他最缺钱花的时候，准时出现在他的面前。

那个周末，我又去见他。在这之前，我翻箱倒柜，找了无数件衣服，都没有满意的。我希望自己以最美丽的状态出现在他面前，希望他跟别人介绍“这是我的女朋友、天中的高才生”的时候，脸上能更有光彩。

只可惜，我的衣服都不是新的。我已经好久都没有穿过新衣服了，只能换上去年秋天买的那件还算新的大衣，去“算了”找他。

当我终于赶到“算了”的时候，却看到了让我简直不能相信我的眼睛的一幕——

周楚暮被一些人搡在一根柱子上，有一个很高很胖的人伸手抓着他的脖子，把他举得高高的，像在扼死他。

我看着满脸通红挣扎的楚暮，一声低呼冲了过去。

可我还没有进入人群，我就感觉有人在身后钳住了我。我挣扎着回头，是丁力申。

他怎么也在这里？我恨他！

我用眼神告诉他我恨他钳着我不让我去救我的楚暮，他的眼神却比我更霸道，仿佛在说：杀了我，我也不放开你！

我无计可施，张嘴咬他。他终于放开我，但是他却冲在了我前面，挤进人堆里。他大力拍那个高大的胖子的背，胖子回头，他一拳就跟了上去。

胖子发出了一声呼吼，按着楚暮的那只手终于放下来，转而去揍我身边的丁力申。

周楚暮像条瘦弱的绳子似的从柱子上滑落下来，我不顾一切地冲过去。

他在干呕，我急得哭出声来，拍着他的背说：“楚暮，你要不要紧？”

他说不出话。

“揍死他！”那些人又冲上来，我本能地护住周楚暮，不让他们靠近他。但我很快就被他们拎起来，掀翻到一边。

“林枳！快走！”丁力申从地上迅速爬起来，拉起我冲出了“算了”的大门。我怎么可能在这时候离开，于是我又冲了上去，其中有个小个子男的，对着我胸就是一拳，我疼得差点跪倒在地，然后我听到丁力申闷吼一声，像只疯狂的小牛一样冲了上去！

那一天的事，惊动了警察。后来，是丁力申的父亲来接我们走的。那是我第一次见到丁力申的父亲，他显得很威严，把满脸是血的儿子从地上拉起来，意味深长地看了我一眼，一语不发地把他的儿子拉上了车。

“带林枳走。”我听到丁力申在说，“带林枳走。”

他的父亲本来把车门关了，又重新打开了它。

“你不要留在这里。”丁力申伸出头来，对我说，“留在这里对你没好处。”

但我不能走，我留了下来。可是当我回头的时候，却不见了周楚暮，他好像凭空消失了一样。我一路小跑跑到他家，也没有看到他。我在他家门口一直坐到天黑，都没有等到他的归来。

他又欠人钱了，他是故意在躲我，一定是的。

周一，丁力申的处分单就张贴了出来。

我和田丁丁经过处分通知张贴处时，她几乎想要冲过去撕掉那张纸。我羡慕她可以随时随地真实地表达自己的想法，可我还得装作无动于衷地拉回她。

她不知道，那都是因为我害了他。但我想我应该保留这个秘密，为了我，也为了丁力申。那天下午，趁田丁丁没注意，我给他悄悄传了一张字条：放学后假山见。

他如约而来。

“疼不疼？”我看着他额头上的伤，抱歉地问，“你是不是花了很多医疗费？要不，我算给你。”

“不疼，”他说，“你找我来，就是说这个的吗？”

“不是。”我真心地说，“我是要谢谢你，谢谢你救了他。”

“不用你谢我。”他忽然有些生硬地说，“你为什么不问问他到底是为什么事挨揍？”

“好，那你告诉我是为什么。”我看着他的眼睛说。

他却躲开我的眼神，只是说：“他欠了别人很多钱。你知道吗？至少有两万块，而且，赌债是个无底洞，你再跟他这样混下去，不遭殃才怪！”

“你怎么知道？”我立刻反问他。

“除了你，所有的人都知道。”他用笃定的眼神看着我，“不信，你可以去‘算了’随便抓个人问问！”

原来如此，原来他还是在赌。

他到底要干什么？

我不需要1280元的挂坠，不需要新衣服，不需要吃大餐，一小碗面条就足够，他，到底要干什么？

但纵是如此，我也不喜欢别人在我面前说周楚暮的坏话。特别是丁力申，这是绝对不可以的。

所以我整理了一下思路，深吸一口气说：“这是我欠他的，丁力申，这一切和你无关，不过我的谢谢是真诚的，请相信我。”

他绝望地问我：“你还真的打算跟他继续下去？”

“是。”我说。

他听罢，用一种复杂的眼神看着我，那种眼神几天以后我终于在语文课本上找到一个恰当的形容词：哀其不幸，怒其不争。

“对了，你可以借我点钱吗？”我昂起头，看着他认真地说，“我现在需要钱。”

“你要多少？”他悲鸣般说道。

“楚暮欠了多少？”我毫不含糊地问。

他发出一声干笑，不知道是在笑我还是笑他自己。笑完后他对我说：“林枳，各人债各人还，不管你和周楚暮是什么关系，如果你认为这一次你能帮到他，那你就太天真了。”

我知道，他说得对。在这个世界上，各人有各人的一笔债，谁都帮不了谁。可是当你喜欢一个人的时候，又哪管得了这么多呢？丁力申，他为了一个不爱他的女孩，可以跟踪可以打架可以背黑锅受处分，甚至不惜做更多更离谱的事。而我，面对深深相爱的周楚暮，又怎么能顾及自己？

于是，我镇定地对他笑。我不清楚自己是不是笑得有点凄惨，总之在我认为这些笑已经足够表达我的诚意之后，我对丁力申说：“你能不能借我钱？越多越好。”

“我不会借你钱的。”他这样说，口气就像不愿意借玩具给别的小朋友玩一下的小孩。

“那么，”我说，“请永远都不要再管我的事情。你没有资格。”

他脸色微变，赌气一样地说：“你再这样下去，我会揭发你。”

我哈哈笑了两声，转声离去。

我不怕他，他只是个小孩。

他只是个活在田丁丁那样子的青草红花阳光湖水的明媚世界的小孩，我和楚暮之间的恩怨情仇，他根本就不该涉足，也不配涉足的。

无论他说我什么，我都无所畏惧。

可是周楚暮，为什么你从来就不晓得体谅我一下，从来就不晓得改正一下自己的错误呢?

10

钱。

好吧，让我们来想想办法。

钱钱钱。唯有它，可以解决一切。

回家求于根海，或许是唯一有谱的方案。他有钱，只要他愿意，就可以救我，救周楚暮。

破釜沉舟，万劫不复。这将是林枳的命运。

我回了家。谢天谢地，于根海在家。我简直觉得他坐在沙发上悠闲地抽烟，就是在等我回去跟他开口：我想借点钱。

我走到他面前，放下书包，思忖着该如何开口的时候，他却先说话了。

他说："我要结婚了，这房子留给你妈和你。"

天!

对啊，我妈！我妈去了哪里？

“你看好你妈。”他指指里屋说，“整天神经兮兮的，迟早出事。”

“她答应离了吗？”我问。

于根海笑：“你认为她答不答应有用吗？”

我的心一片悲凉，但是对我而言，当务之急不是这个。我犹豫了一下，终于说：“能给我一些钱吗，我急着要上一个补习班。”

他看着我。

“求求你。”我哀声说，“机会难得，我要去培训一个月呢……费用是比较高，要三千块，但是上完那个培训班我就能考北大……”

“哼。”于根海冷笑的时候，满脸的横肉都在发抖。他用戴着一枚硕大金戒指的手指指着我的鼻尖说：“找个好点的借口跟老子要钱吧。你不是成绩很好吗，不上那个培训班也能考上北大。”

“求求你……”我仍然这样说。

“你花钱这么厉害，是不是为上回来我家的那个小白脸？”于根海继续追究，“你供得起他吗？你要供他，也别花老子的钱，你可以去卖。”

他说出最后一个字的时候，如果放在平时，我一定一巴掌甩过去了。可是今天，我做不出。因为我在求他，拿到钱，对我来说比什么都重要。

我想出了我能想到的最下贱的一个办法。

那就是，下跪。

我给他下跪了，而且我喊了他一声："爸。"

可我没想到的是，于根海不仅不领情，还顺势用脚把我踹倒。

"没种的劲儿！"他站起来，又踹我一脚，"放平时，你要是对我来硬的，老子说不定心情一好还答应你，就你现在这股子奴才相，估计你也是赔得差不多了。我让你糟蹋，给我死一边去！"

说完，他起身出了家门。

她的门自始至终都关着。她好像没听见，也没有出来看我一眼。

楚暮，你在哪里，如果你看到我现在这样，会不会心疼？

那天夜里，我给周楚暮打电话。一如既往的关机，我担心他的状况。虽然那次离开之时，他只是被人掐了脖子而已。

但是，谁知道那帮混蛋后来有没有再去找他呢？

我心里焦急，一直开着手机，直到半夜，我才接到他的一条短信。

这条短信的内容是：我觉得，你还是和天中那小子比较般配。

我恨不得立刻从床上跳起来去找他解释清楚。

因为我的手机停机了，我清楚。一条短信也发不出，一个电话也无法打。

只是，我再也没有钱去充这对我来说相当昂贵的电话费。

我知道，他也没有办法。

那天深夜，直觉告诉我他在"算了"，于是我从家里跑出去。再一次跑到"算了"的时候，我果然看到周楚暮，他已经喝得不省人事。

他搂着的那个女人，正是上次那个透明睡衣女。

再一次面对这样的状况，我的心态已经不能做到那么无敌。我是怀孕的林枳，而他们有那么多人。

那个女人今天戴着大耳环，穿着低胸衣，看到我，放下了手中的酒杯。

我心酸地看着周楚暮，我的周楚暮。

他已经醉得不成人样，从椅子上直接摔了下来，都浑然不觉。那个女人看着我，表情得意地挑衅我："妹妹，我们可是第二次见面了哦。"

"他不能喝酒。"我说，"你不应该让他喝那么多。"

她并不生气，而是拍拍我的肩膀，说："妹妹你跟我来。"

我跟了过去。她一直把我带到"算了"最里面的一个包厢门口，才停下来。

"楚暮欠钱的事，你知道？"她抱着胳膊，点了一根烟，对我说。

我为什么要回答她的问题？于是我倔强地转向一边，并不搭理她。

"只有我能帮他摆平，而不是你这个中学生。"她说罢，用夹着香烟的手指指着"算了"的门口："现在大厅里坐着的人里面，至少有三十个是今天晚上留在这儿砸场子的。如果你不乖乖滚蛋，而在这里坏我的兴致，或许我不会救你的周楚暮哥哥……"

"两万块没什么。"我说，"我也能弄到。"

"呵呵。"她笑，"你对周楚暮到底了解多少？两万块，你真的以为那么简单？”

“他到底欠了多少钱？”我天真地问她。

“十万。”她伸出两根抹着黑色指甲油的手指，比出一个十字给我看。

十万。

这个天文数字让我的心悲凉到了极致。

就算于根海没有抛弃我们母子，他也不会愿意出这十万块帮我解决一个大麻烦，这一点我十分清楚。

对不起，楚暮，你的林林帮不了你。

我想了一会儿，问那女人说：“你真的能救他吗？”

她想了一下说：“当然，如果我愿意。”

“那么好吧。”我看着她浓妆的脸，说，“我把他让给你。”

说完，我退后一步，用我一贯的武器——微笑，来维持我最后的体面。

其实那天我去找楚暮，是想告诉他，我是真的怀孕了。我希望他能和我一起共渡难关，但是现在一切都改变了，我需要一个人面对这一切。

犹豫再三之后，我都没有去买试纸。原因很简单，我丢不起这个人。代我去买的人是田丁丁，她为此还缺了下午的课。

但是，我还是没有告诉她真相。

我只用了一分钟就测出了我怀孕的事实，但我却用了十分钟来酝酿自己的感情，好让我打开卫生间的门，冲出去拥抱田丁丁并告诉她“太好了我没有怀孕”的行为，不显得那么假惺惺和虚伪。

我成功了。

她被我抱着，跟我一样激动得微微发抖。

只不过，我是因为紧张，她是因为感动。

我在心里恨不得抽自己一万个巴掌，可如果再给我一次选择的机会，我还是要骗她。我了解她，怕她因此去跟周楚暮拼命。而现在是楚暮最艰难的时候，无论如何，把这个事实咽在肚子里吃下去，暂时先瞒着他，我自己来解决吧。

强大的林枳，聪明的林枳，无往不胜的林枳，自信的林枳，一定可以救自己。

那天回到宿舍后，我一直在床上辗转，思考。我不能白白失去楚暮，或者说我也想帮帮他，而不是把他丢给那个富婆，就此罢休。

十万，我拿不出。

但一万也是好的吧，总好过没有。

我终于想出了新的办法，那就是——家里那台电脑。

事到如今，我只有豁出去了。

这件事，我求的是丁力申，他对那些网站很熟。

“你还不死心？”丁力申起初并不肯答应我，“不要再陷下去了。我早说过，你帮不了他。”

“不是这样。”我说，“我继父要跟我妈离婚了，要是我们从那个家里被赶出来，就会一无所有。”

他的嘴张成O字形。这是我第一次在他面前展示我不为人知的一面。

“真的吗？”他说，“林枳，你不要再撒谎了。”

我在他面前流了泪。

我的泪水让他变得非常惊慌，他在我面前绕来绕去，想说什么又说不出，终于冒出一句话：“你别哭了，我帮你。”

看，对付丁力申这样的男生，我还是有足够的办法的。

没过两天，那台崭新的苹果电脑就以几乎原价在网上售出了。我跟他说谢谢，请他不要把这件事告诉田丁丁。

他答应了我，但还是像个老大妈一样地劝我说：“不要太傻，林枳。”

“嗯。”我说。

“有困难，记得跟我说。”

“嗯。”我说。

他的样子看上去很满意。我只希望他不要整天都盯着我，做天中最神经的007。

我差人来运电脑那天，只有妈妈一个人在家。她问我：“这个电脑要运到哪里去？”

“借同学。”我眼皮也不眨一下地说道。

她深深地叹了一口气，关上了佛堂的大门，又修她的行去了。

我真纳闷，难道她真的不在乎于根海就要跟她离婚了？

11

人不顺，喝凉水都塞牙。

于根海发现电脑不在，就是当天晚上。那时候丁力申正在给我发短信，告诉我买家已经把钱打入我的卡上，让我去查收。

我短信没来得及回，就听到了于根海回来的声音。

他本来是去外地出差，按理不可能回来得那么早。更没想到的是，他一进来就走进我的书房，看到了空荡荡的电脑桌。

我还没来得及恨我自己为什么不把电脑桌一起卖掉，他的拳头就伸了上来。我一下子栽倒在地。

“老子听人说你把电脑卖了，老子还不信。”说着，他又一脚踹上来，“老子的家被你卖了老子都不知道，我让你养男人，我让你养……”

是她出卖了我，除了她，没有谁！她为了讨好于根海，不惜出卖自己的女儿！

于根海的拳头像雨点一样密密麻麻地砸在我身上，我蜷缩身体，尽最大可能保护自己，告诉自己：一定要挺过去！

他发了狂，一把扯掉自己的领带，直接冲到阳台上，操起晾衣撑就往书房走来。我没有力气站起来跑，可是我听到一个人近乎哀号的声音：“不要！”

她挡到我身上的时候，于根海的衣撑正好落下来。我望了望她，没错，是她，这个数十年都没怎么关心过我的——妈妈。

她拼命护紧我，咬牙切齿地对于根海喊：“于根海，你杀了我！你杀了我也不要动我的女儿！”

于根海丝毫没有停下的意思，即使那一下下都打在我妈的身上。妈妈全身颤抖，把我抱紧在怀里，哼也不哼一声。

我闻到她身上的檀香味，这才明白，原来她一直都是有感情的。她以为她可以把母爱和仇恨托付给佛像和经书，但是她试了大半辈子都不行。我终于流下了眼泪。我不知道我在为谁而哭，是为这个苦命的妈妈，还是为她这个落魄的女儿。

于根海居然狞笑着说："打你们两个贱人！一个老贱人，一个小贱人！不打不成体统，家要被你们败光了！”

总之，那天是她救了我。

我对于根海的恨，再多做描述已经毫无意义。他揍完我们就像完成了一项牵挂心头已久的任务，那时几乎是凌晨了，他还是开门开车外出了。

他一定会跟他的小情人在一起，去过幸福的小日子。

他的生活，注定和我们这对苦命的母女无关。

我恨他，要不是他，妈妈会嫁给周天义，楚暮会是我的哥哥，我们拥有的就不会是这样一种暗无天日的生活。

妈妈已经从地上挣扎起来。她一直站在窗前，看着他的车从车库一直开向小区门口。然后，她哭了。

这么多年，我第一次见她哭得这么伤心。

眼泪代表她的情感，反而让我安心。

我在家中翻箱倒柜，找到了擦伤药。她在沙发上坐下。我俯身替她擦腿上的伤时，她继续掩面而泣。“别哭了。”我一边擦一边说，“总有一天我会带你离开这个鬼地方。你也不要信什么佛了，其实你也根本没信过，你怎么可能做到超脱？”

她仍旧哭，不说话，像是根本没听到我在说什么。她把腿缩回来，不让我继续擦药。

我心头一紧，这个时刻心里是从未有过的凄凉。我还是把手伸向了她腿上的伤口，慢慢地，但是坚定地把她的腿拉过来，继续擦药。

“妈，我欠你的，我以后加倍还给你。”

“枳儿，”她哑着嗓子唤我小名，“我们一起离开这里，好不好？”

“好，”我点着头，用从未有过的温柔的声音对她说，“妈妈，我成绩好，我会去申请提前一年高考，我一定会带你走，相信我。”

她忽然伸手过来握住我的手，我抬头看她，她说：“我们去哪里？”

“一定有办法的。”我说，“我去办点事，你在家等我，好吗？”她不点头，也不摇头。但我依然感觉亲切，她又回来了，她是我的母亲，和我相依为命，我们不能分开。

我放开她的手，转身走了出去。我的伤口还有些疼痛，就让它疼痛吧，如果身体不疼痛我反而会更难受。出门之前，我在衣帽架上取了一条她的围巾，深红色的羊绒料子，非常暖和。我把它紧紧地缠在脖子上，缠到脸上来，只露出两只灼灼疼痛的眼睛。我跨出房门，便没有回头，脚步越来越快。时间已经不能再等我，我必须找到楚暮，把钱塞在他手里才行。只有快些这样做，我的不堪感受才能稍微降低一些，我为此而付出的一切代价才算值得。

很多年了，我好像一直都没有叫过她妈妈。妈妈妈妈，我终于可以再次这样呼唤。我低下头微笑了。

这天奇冷，满大街都飘荡着洁白的雾气，我走出小区时，脚步就僵硬了，好不容易才看到一辆依稀辨别得出车灯的出租，我舍不得打车，就这样走。我要尽可能地帮助楚暮，陪他渡过难关。

天蒙蒙亮的时候，我在楚暮家旁边不远处的中信银行取了钱，用超长的羊绒围巾把这些多得我数不过来的百元纸币紧紧地包好，捂在我的大号白色大衣里，按在胸口，像按着一块肿瘤。

如果这时路上出现歹徒，夺了我的钱，我会死也不顾地跟他们拼命，哪怕明天新闻上会播报这样一条消息：十七岁的天中优等生，身携过万人民币，横尸街头。

我很快来到了周楚暮家的门口，一路安全，没有强盗，除了我的胸口硬生生地疼之外，一切都算好。我揉了揉我冻得通红的狼狈的鼻子，可却流出了落魄的鼻涕。我只能一边擦鼻涕，一边敲他家的门。我没有去敲窗户，而是选择门，是因为我想在他开门的那个瞬间就拥抱他。

只有他才能温暖我。

许久，他才开了门。

他叼着一根烟，眯缝着眼睛看着我。他没有受伤，简直毫发无损，甚至可以用容光焕发来形容。因为他换了一个非常短的新发型，穿了一身还算体面的睡衣，简直不像他。我的前脚刚刚迈进去半步，他就把门关上了一半，他用含糊不清的嗓音问："你来干什么？”

“让我进去。”我喃喃地说，因为冷，我脚底不稳差点摔倒。他把门缩成一道缝，抵死要拦我在门外。

“妹妹，你以后不用来找我了。”他用最后的一点耐心对我平静地说。

“为什么……”我的大脑似乎也被冻僵了，愚蠢的问题脱口而出。

“因为我换女朋友了，明天我就要搬家。”

“去哪里？”我无力地问。

“去她家。”他的嘴角浮起一丝微笑，“对不起，林林。我也很想等到你很有钱的那一天，可惜，我实在等不起。”

说完这句，他就砰地关上了门。

为什么？

为什么？？

为什么？？？

难道他真的忘了吗，两情相悦，天长地久。

还是他从来都没有真正地懂过？

我不想放弃，拼命拍门，一直拍到整个手掌都变得通红，手心剧痛，被我狠狠捂在胸前的巨款掉落在地上，一张张粉红色纸币散落得到处都是。

我把自己的手指放在嘴巴里，含着冰棍般的手指，直到它们不再僵硬，能够活动。然后，我捡起一张张的纸币，从门缝里把它们送进去。

那些美好的、心酸的过往，像一帧帧图片，最后凝聚在这些或脏若旧窗帘，或崭新得可以割伤皮肤的纸币上，然后被我传送进他的屋子里。

我独自跪在他的门前完成这一切，直到我的耳畔传来车水马龙之声。

天亮了。

回家吧，林枳。

我的心盛满从未有过的不甘和痛楚，一步三晃地去了学校。

等待我的是本学期最后一次月考。

可笑的是，我又得了第一名。丁力申成绩退步很大，但是这与我无关。田丁丁的成绩还是无关痛痒，她也是没救了。

我的心思全然不在学业上，我一心想着先解决我腹中的“毒瘤”。它不为人知，叫人不齿，必须赶快消失。

可是，钱在哪里？

更可笑的是，寒假补课需要每个人交五百元。

我又一次想到了田丁丁。

那天的体育课，我佯装肚子疼，没有去上课，我摸了田丁丁的钱包。

拿走那五百块，本来是轻而易举的事。没想到，我却碰到了钉子专业户丁力申。他还是那样，一股不服输的钉子精神，百折不挠。

他居然跟踪我。

而且，在我偷了田丁丁的钱之后，他才站出来，说：“林枳，你偷钱。”

我扬扬我手中的五百块，斩钉截铁地说：“去告诉她！顺便告诉警察，让他们来抓我。”说完，我把那五百块迅速装进自己的钱包里。

他什么也没有说，而是用拳头狠狠地捶了一下墙壁，又消失在除我之外空无一人的教室里。他的劲儿可够大的，在他捶那一下的时候，我仿佛看到了墙皮哗哗剥剥掉下来的样子。

但那又如何，我料定他死也不会告诉田丁丁。

而且，就算他告诉了田丁丁又怎么样，我死也不会认账，死也不会。

我只能说：对不起，田丁丁，相信有一天你知道了真相，会原谅我。

五百块，小诊所，应该是够了吧。

周末去太明目张胆，我这两天就得行动。当我带着我无懈可击的计划在那个名叫“为你诊所”的地方停驻时，我却忽视了我身边那个优质的007丁先生。我真的没想到，他会像一个阴谋家一样，带着田丁丁出现在我面前。

雨下得很大，我孤单无依。自称爱我的男生和我最好的朋友田丁丁像法官一样站在我对面，我不得不出言保护自己。

所以，当田丁丁的耳光冲我甩来时，请相信，我是一点也不怪她。

我也不怪我自己。

我谁也不怪，我心里沉静得能听到血脉流动的声音。

我甚至想到了一句诗:“我情似云复晴蓝，心悠坤宠然其瀚。”

心如此矣，我复悠然。

然后，她打了我。那个清脆的耳光，打掉了我所有的意志。

“好好想想吧，林枳。”丁力申对我说，“我希望你清醒一些。”说完这句话，他也丢下我走了。

他是去追田丁丁了吧。也好，他们是青梅竹马，比起周楚暮来，还是丁力申更加有情有义。而我，早就一无所有，注定一无所有。我最终没有走进那个肮脏的小诊所，而是在夹着冰雹的雨水中在街头漫无目的地游走。

就在这时，我的手机尖锐地响了起来。

是于根海的号码。

我用麻木的手指按了接听键，里面传来于根海有如海啸般的咆哮:“你死到什么地方去了？你老娘自杀了！”

自杀？！

她没有等我。

不过，她也没有答应要等我。

我没有钱打的，但我仍然打了，并且在出租车快要到达时，连滚带爬地从车上下来，往我家的方向奔去。出租车喇叭在小区门外疯狂地鸣叫，像狂放的警笛一直呼啸的时候，我已经快奔跑到家门口了。

全世界都在通缉我。

置我于死地。

我回到家的时候，家门洞开，却一个人也没有。

走进这幢空荡荡的别墅，除却勾魂摄魄四处弥漫的檀香味，我什么也看不到。

我没有去医院。

请饶恕我，我不想看到她一无所有的尸体。

那样，我会更加对照自己，明白自己所失去的一切，纵然让一切重回，我都不堪面对。

我当然也不会去找周楚暮，我给他发了一条信息：“这是永别。”然后，我把自己的手机从窗口扔出去。

如今我还需要它作甚？

失去一切，是多么容易的一件事。如今我才明白这一点，却没有任何选择的余地。

我才发觉，那个曾经因他对我的虚弱缥缈的爱而萌发的一刹那的梦想，是多么愚蠢而久远的事。

既然如此，为何我不带着它一起远走高飞？

但是，在这样做之前，我必须偿还一个人。

如今在世上，只有她一个人让我留恋和愧疚。唯有将亏欠她的全部偿还，我才能走得义无反顾，永不回头。

PART 03

尾声

世界上的秘密有很多种，有一些，甜而透明，想起来会微笑；有一些，却会埋在心灵的最底层，日积月累，变成毒素。

如果让我重新选择一次，我一定不会做现在这个背负着许许多多秘密的女生。因为，这些秘密其实并不属于我，而我却身不由己地为了保全它们而不顾一切。

当这些秘密的外壳被现实一一击破，我才发现，原来我一直在做着一场没有意义的牺牲，一个人在孤单的战场上为人世中最脆弱的感情而倾尽所有出生入死，最终却发现对手只是一面有记忆的镜子，让我在对照自己走来的一路时不得不承认，这一路的背负和忍耐是多么愚蠢。

这种感觉甚至说不上痛，在更多的时间里，我只能感觉到一种虚空，一种冷冷的嘲弄。而当我在这场没有目的的逃亡中精疲力竭，才终于发现，这些秘密我只想对一个人说。

不是别人，就是他。

我心中唯一的他。

于是，我拨通了林庚的电话。

那天，当林庚找到我时，天色已晚。这场冬天的雨越下越大，还夹杂着硬硬的雪砂，雨雪混合而下，仿佛电视出现雪花时嗞嗞的声音。我站在一间杂货店的屋檐下，眼泪已经不流了，只是呆呆地数着雨滴。

他穿着一件淋湿的雨衣，把一把伞像夹公文包一样夹在腋下，一看到我就从马路对面奔跑过来。雨水溅湿了他的脸，那张脸曾经让我如此留恋。

“好不容易才找到这里。”他的声音有点大，掩过了淅淅沥沥的雨声，“到底出了什么事，怎么把自己搞成这样了呢？嗯？”他有点严肃地看着我，语气里有责备，也有疼惜。

我不看雨，看他，但还是呆呆的，不说话。

他急忙替我撑开伞，把我的手握在伞柄上，焦急地说：“还发什么呆啊，我送你回家。”

他今天的模样没有一点平时的英俊从容，而像一个劝孩子回家的无奈父亲，又用心又疲惫，却让我前所未有地暖心。

瞧，我是多么不争气，让他如此担心。

“我没有家了。”我努力让声音平静，却最终还是哽咽着这样说。

还没有等林庚说话，我又喊了一声：“老师……”然后，我双手捂着脸，不由自主地歪下身去，倒在他的怀里。他没有拒绝我。

我终于号啕大哭起来。

在这个冷到绝的冬日，我全身颤抖，一只手抓着他的衣服，一只手努力捂着自己的嘴巴，但是这样做丝毫都没有减弱我的哭声。我哭的用力程度，简直可以用嘶吼来形容，以至于惊动了路上的行人。他们打着雨伞停驻，注视着行为古怪的我。他们一定以为我得了失心疯，可是又有什么办法？如果我能控制我自己，我又为什么要这样做？该死的一无所有的感觉，它强大到可以击毁一个人的自尊，这种感觉让我不能再忍耐哭的冲动，我像呕吐一样激烈地哭泣着，我妄图哭掉我所有阴暗潮湿的过往和委屈，仅仅是在林庚面前。

因为，在这个冰冷的世界上，我仅存的一处温暖就是他，就是此时终于把我抱在他怀里的林庚。

这样的时刻我在梦里幻想了那么久，但却来得那么迅疾和真实，真实到我能感受到他的雨衣上塑料橡胶的味道。

我觉得自己像一只被猎人打了一枪而快要死去的树袋熊。

疼痛，却也幸福，再也不用为活着而攀爬。

所幸的是，我的树没有推开我，而是把我抱在怀里。

他伸手轻轻地在我背上拍了一下，放任我哭泣，不知道过了多久，才用仿若从很远很远的年代传来的声音说：“你好像吃了不少苦头，田丁丁。”

我在他的肩膀上拼命点头，只是不知道他看不看得见。

“你好像变得越来越爱哭了，”他一边叹气一边扶我起来，“你要我拿你怎么办才好？”

你要我拿你怎么办才好？

这句话好像一颗柔软的钉子，直直地钉入了我心里最不能触碰的角落，我慌乱地躲避他的眼睛，却正好与他的目光相遇。

我虽然还在颤抖，却忽然停止了哭泣。

那一刻，他在看着我，眼神明亮，仿佛千言万语，又仿佛不说一句。

那一刻，全世界的雨都停了。我出神地看着他被雨打湿的鬓角，忽然想伸出手把它们理顺——当然，我没有。

上天做证，那一刻我心里没有任何不纯洁的念头，只求这一刻能够白天黑夜天长地久永永远远地延续下去。

可是，不过几秒，林庚就在我身后推了我一把，坚定地说："来，我送你回家。"

"不。"我说，"我妈不要我了。"

"你傻呀，气话谁不曾说过，我妈那时候也老跟我这么说来着。"他说，"来，听老师的话，相信我。"

我不可能拒绝他。

于是，我终于被林庚带着回了家。

门打开的一瞬间，我以为迎接我的会是暴风骤雨，我以为罗梅梅会跳着脚骂我并把林庚也骂上一通，可是这些都没有发生。我万万没想到的是，当她开了门看到我，什么也没说，只是一把抱住我失声痛哭。

"你去哪里了？"她哭着说，"你要是不回来，让妈妈怎么活？"

请相信，那一刻我心里前所未有的珍惜和感动几乎要把我整个淹没，以至于我差一点就要昏过去。

我因为淋了雨发烧，在家整整躺了三天。

这三天里，罗梅梅没有去上班，而是每天在家陪我。她每天变着花样做饭给我吃，可惜我的胃口不争气，不然一定又要暴长肥肉。

对那件事，她绝口不提，好像以前发生过的那一切都是场梦。我在梦醒时分想要对她解释，她却摇摇头，不再让我说下去。

好吧，她能原谅我的一切，这不正是我梦寐以求的吗？

她是我的妈妈，无论发生了什么事，无论我犯了多么滔天的罪行，撒了多么大的谎，伤害她多么深，她永远都不会抛弃我、厌恶我，她永远是那个为我开门，第一个抱住我的人。我庆幸那天对林庚的求助，才让我明白这个伟大的真理，而没有做出别的傻事。

"妈妈，"我终于还是说了，"我喜欢我们老师，可是，真的只是喜欢，我没有做过任何坏事，你相信我吗？"

"嗯。"她温和地替我理理头发，"我跟林老师谈过心了。"

是吗？他们谈过了吗，都谈过些什么？林庚会说我些什么呢？

"你长大了。"罗梅梅好像很感慨的样子，"其实，妈妈年轻的时候，也喜欢过自己的老师呢，这没什么，是妈妈不对。"

我的眼泪因为罗梅梅的话又要不争气地涌上来。

天，我该如何谢谢林庚才好？

"对了，给你看样东西。"罗梅梅说着，起身从客厅拿来一张小单子。我一看，竟是林枳给我的汇款单：1500元。

留言是“对不起”。

“傻孩子，”罗梅梅说，“妈妈很高兴你这么讲义气，以后有需要，尽管跟妈妈开口，不要再做傻事了知道吗？妈妈虽然钱不多，但和你一样，还算个好人。”

我傻傻地笑。

林枳，其实不需要说对不起，其实我从来都没有真正地怪过你。等我明天去上学，我一定要亲口对你说，我们还是最好的朋友，就是不知道你还愿意不愿意呢。

罗梅梅说要给我做点吃的，于是去了厨房。我已经恢复很多，从枕头下拿出我的手机来，手机因为没电而自动关机，我找到充电器给它重新充电，准备给林庚发一条感谢的短信，再给林枳打个电话。没想到的是，一充上电，就来了电话。

上面闪烁的，居然是丁力申的名字。

我犹豫着要不要接，但最终还是接了起来。

“林枳要自杀，莲花大厦，顶楼。”他简短地说了这么一句，就挂断了电话。

自杀？莲花大厦？顶楼？

林枳要自杀？

丁力申怎么知道，他不会骗我吧？可是，他为什么要骗我呢？

一想到这个，我差不多是从床上跳了起来，趁着罗梅梅在厨房里忙碌，悄悄地溜出了家门，很快地打车到了莲花广场。

哦，我的林枳，你可千万不要有什么事！

跳下车后，我站在广场中央，远远地向楼顶望去，可是，我什么也看不到。

叫我震惊的是，广场的楼顶此刻正聚集着一大片厚重的乌云，仿佛有一双手把天空中的乌云都聚拢了来，存心酿造一场泛滥的雨水。

我的心一抖，仿佛看到了很不好很不好的兆头。莲花广场在这个阴天依旧行人如潮，可却没人抬一抬头。我恨这高耸入云的楼，遥远到超过人的视线。

我立刻跑起来。

我居然忘记莲花广场是整座城市最高的建筑，而去年发生在这里的自杀事件，并不久远……

自杀。

想到这两个字的时候，我的心突突地跳跃起来，恐惧的感觉再一次把我包围。

莲花广场的行人电梯只能坐到四十六层。

接下来的一段路，是一条窄而陡的楼梯。

当我终于爬到楼顶时，我几乎要因为我看到的那一幕而摔倒。

林枳背对着我，把已经脱掉的袜子和鞋丢了下去。

然后，她像一个女骑士一样，威风凛凛地跨上了不算宽阔的扶手，一把扯掉她的发绳随手扔了，然后踮着脚尖，在扶手上舞蹈般踱步。

我几乎要失声尖叫，可是我知道，如果我这样做，她说不定会奋不顾身地跳下去。

丁力申呢，丁力申为什么不在，为什么不阻止她？

林枳穿得非常少，我认得出，那是天中的夏制校服，校服裙子是深红色格子布做成的，很衬皮肤。夏天林枳穿的时候，我总和其他女生一起暗暗羡慕她洁白如玉的双腿。可是此刻，她裸露的修长的腿，像两根红萝卜，在冬天呼啸的狂风中灼灼战栗，任谁都目不忍睹。

而那团黑色的云朵，此刻正盘旋在她的头顶，山雨欲来的沉重，让我震动到站立不稳。

我终于忍不住，轻轻叫了她的名字："林枳……"

她转回头来看我，眼神已经和以往不同。

她在大风中长发飞扬，对我惨然一笑，我的心都快被她的笑容绞碎了。

"林枳你不要这样，下来，下来我们一起回家。"我的大脑一片空白。周楚暮，你到底到什么地方去了？你居然把这样一个难题交给我，太高看我了，难道你不知道，只有你才能救她？

"林枳，"我的眼泪流下来，大脑一片空白，只能求她，"求求你，别这样，求你。"

"田丁丁，"她的声音远远地传来，温柔坚定，"你别哭啊，田丁丁，我不值得你这样的。"

"不。"我说，"你是我最好的朋友。"

"是吗？"她说，"傻丁丁，你真这么想吗？"

"真的真的。"我说，"我们是一辈子的好朋友，一辈子的。"

她笑了，在栏杆上面对我坐下来，两条通红的腿交缠在一起，像两只嬉戏的鲤鱼。她仍旧不说话，眼神却向我的身后瞟过去。

我也不由自主地转身。

是周楚暮！他终于出现！像所有故事中的王子那样，我终于不再那么恨他。

他只穿着一件黑色的单衣，双手插在口袋里，一步一步挪向前。他的表情像是刚刚走出赌场的小混混，全然不知外面的天翻地覆。

他只是喊她："林林。"

"你走。"林枳的声音还是和以前一样平静。她说："你该走到广场上去，就站在喷泉边等我。"

周楚暮只是说："你属于科学家，居里夫人。"

在这个紧要关头，这都是些什么对话？我怀疑我听错了，可是这一切却又那么真实。

或许，我还是搞不懂爱情。他们之间的秘密不能被言说，也不能被外人懂得，只有他们自己懂得。

我像一个看客一样无助和挣扎。周楚暮一边说一边继续走向林枳，走到离她很近的地方，好像没有听到林枳刚才的话似的。"居里夫人发现镭，她还得过诺贝尔奖。她是波兰人，她热爱祖国，为祖国做出许多贡献。这些我都研究过了，你是不是没想到？要不要看看我做的笔记？你要不要去我家，和我一起看看呢？"

林枳摇着头，不停摇头，像中了蛊术一般。

"亲爱的，来，"周楚暮朝她伸出手，"我带你去。"

林枳摇着头，身子往后仰去。我觉得我就要死了，我想尖叫，但尖叫不出。所以，我一定是要死了。

就在这时候，我看到周楚暮一个大步跨上前，一把将她抱住，从那个危险的、随时置她于死地的扶手上把她抢救下来。

我清楚地看到，她眉宇紧皱，闭上的眼睛在周楚暮把她救下的那个瞬间流下了泪水。

我的心在刹那间落地，又密密麻麻地疼痛起来。我捂着自己的嘴巴，忍不住潸然泪下。我不清楚我的眼泪的来历，究竟是被这样的爱感动还是被刚才的情景吓到。

我只能上前再一次把林枳的手指一根一根掰直，然后紧紧地握住她的似冰冻过的手，就好像我们从未误会过，分开过。

林枳闭着眼，我想她一定是被自己吓坏了，周楚暮抱着她，我一直握着她的手，我们一起走下长长的楼梯，然后按开了电梯。

就在电梯门将要关上的那一瞬间，我看到了一个人。

丁力申。

他抬起头看了我们一眼，就消失在电梯门口。

爱情，是多么地莫名其妙啊。

林枳去医院做手术那天，是我陪她。周楚暮没有出现，他只是发短信给我：好好照顾她。

我一直在医院陪伴林枳。因为除了我，没有谁会来陪她。直到后来我才知道，林枳的妈妈自杀了。

电话打到学校里，让林庚转接。这一切都是林庚告诉我的。

原来她从小就失去父亲。

原来她与继父关系不佳。

原来她的母亲屡遭不幸。

原来……原来……原来我和我的母亲罗梅梅能够相依为命，是一件这么幸福的事。我是这么幸福，幸福到残忍地反衬她的痛苦的地步。

我的心，在这些真相面前，忽然被悔恨装满。我想起了自己抽她的那一记响亮的耳光，那用尽全身力气，毫不容情的一记耳光。

和林枳做“好朋友”两年，我才发现自己对她的了解是如此之少。我从来没有去过她家，我连她初中是哪个学校毕业的都不知道，我从来没有跟她聊过她的家人，甚至当她继父开宝马来接她的时候，都只是自惭形秽地躲在一边，从来不敢上前和她的家人打招呼……

我对她的了解，除却血型生日星座笔迹之外，还有什么呢？又和其他同学对她有什么不同？原来我们所谓的友谊，一直活在伸手不见五指的黑暗里，支撑它的，只不过是那些数都数不清的秘密和我愚蠢的仰慕。

林枳，原来是我对不起你。幸运的是，一切补救为时未晚。

我带着罗梅梅亲手熬的鸡汤去看她时，却看到病房的门外放着一束花。

我把那束花拿起来，走进屋里。林枳正看着窗外的景色，我喊她：“林枳。”顺便把手中的花递给她。

她打开上面的卡片，上面只写了两个字：“楚暮。”

林枳起身，像是要出门去追什么，却又缓缓倒下。

我无奈地看着她。

她把头靠在我胸前，说："丁丁，他走了是吗？我知道他要走，只是我非常非常想他，你相信吗？"

我不再说话，我当然信，我亲眼见过她对他的付出，我知道那样深深爱过的人，永远无法从心中抹去。

"谢谢你，丁丁。"林枳又说。

其实，这些"谢谢"到底该谁对谁说起呢？在这段仓促而五味俱全的青春里，我们要感谢的不仅是彼此，还有每一个遇到过的人。

就像丁力申，我知道他还是喜欢林枳，可是他已经知道，他永远无法同周楚暮抗衡。他只是坚持着自己的坚持，不求任何结果。就像我，依然迷恋林庚的一切，但我没有想过要得到什么，我只是学会了将这一份喜欢小心轻放，永远存在心里。

一周后，林枳出院。她的继父来接她，她没有和他争吵，默默和他回家。第二天林枳背着书包来上学，关于她的一切，在校园里已经传得沸沸扬扬。所幸的是，至少在我们班，没有人用异样的眼光看她，就连庄悄悄也会对我说："小卖部又有卖麻辣粉丝了，要不我给你和林枳各带上一碗？"

真好，这个世界上还是好人多。

日子又这样一天一天地过去，所不同的是，周楚暮这三个字不再出现在林枳的口中。

"周楚暮真的走了吗，你后来是否还见过他？"终于有一天，丁力申这样问我。

“没，没有。”我说。

其实我在撒谎。

我见过周楚暮。

就在49路公车站，他独自一人，背着大号旅行袋，好像打算去很远的地方。

我不知道该不该装作没看见他，他却主动跟我打招呼，问：“林枳好多了吧？”

“是的。”我说。

那一刻，我仿佛看见周楚暮脸上露出复杂的神情，不过转瞬即逝。

“替我转告她，我会回来的。”他说，“在我觉得自己应该回来的那一天。”

“你不打算再见她？”

“不。”周楚暮说得斩钉截铁，“而且，自从她跟我认识以来，还真是一路倒霉，你说是不是？”

“听说你找了一个很有钱的女朋友才和林枳分手的？”我终于还是问出了口。

周楚暮哈哈笑起来。他笑了好一阵，忽然伸手摸摸我的脸，然后说了一句差点让我晕倒的话：“丁丁，你真可爱。”

然后，他就跳上了一辆开来的公车。

我没有把周楚暮的话转告给林枳。因为我知道，缘分可遇不可求，如果上天有眼，他们一定会在某年某天的某个地方重遇，过去的一切不愉快将被洗去，他们将开始一段崭新的故事。

所以这件事，我永远不会对任何人提起。

尝遍青春的甜、酸、苦、辣，我也好，林枳也好，丁力申也好，愿我们只记得其中最美好的两个字。

[END]

饶雪漫

作家、编剧

十四岁开始写作，著有六十余部作品，有“文字女巫”之称，是当之无愧的青春文学领军人物，作品多次登上全国畅销书榜。

代表作：

《左耳》《沙漏》《离歌》《雀斑》《那些女生该懂的事》等

甜酸

产品经理｜袁舒舒　　书籍设计｜付诗意
陈佳敏　　责任印制｜刘　淼
技术编辑｜顾逸飞　　内文版式｜朱大锤
监　　制｜袁舒舒　　出 品 人｜吴　畏

图书在版编目（CIP）数据

甜酸 / 饶雪漫著. 一 济南 : 山东文艺出版社，
2019.10
ISBN 978-7-5329-5878-8

Ⅰ. ①甜… Ⅱ. ①饶… Ⅲ. ①长篇小说－中国－当代
Ⅳ. ①I247.5

中国版本图书馆CIP数据核字（2019）第129753号

甜酸

饶雪漫 作品

主管单位 山东出版传媒股份有限公司
出版发行 山东文艺出版社
社　　址 山东省济南市英雄山路189号
邮　　编 250002
网　　址 www.sdwypress.com

读者服务 0531-82098776（总编室）
　　　　 0531-82098775（市场营销部）
电子邮箱 sdwy@sdpress.com.cn

印　　刷 天津丰富彩艺印刷有限公司
开　　本 880mm×1230mm　1/32
印　　张 7.5
印　　数 1～8,000
字　　数 148千
版　　次 2019年10月第1版
印　　次 2019年10月第1次印刷
书　　号 ISBN 978-7-5329-5878-8
定　　价 45.00元